2 th

Double de

Lib 37 172 (Réserve.)

MEMOIRES

DE

M. DE LA PORTE,

PREMIER VALET DE CHAMBRE

DE

LOUIS XIV.

MEMOIRES

DE

M. DE LA PORTE,

Premier Valet de Chambre

DE

LOUIS XIV.

CONTENANT

Plusieurs particularités des Régnes
de Louis XIII. & de Louis XIV.

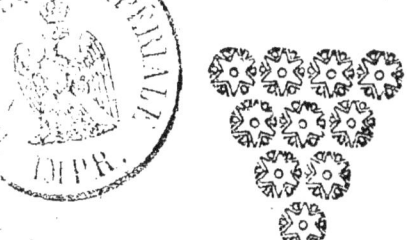

A GENEVE.

M. DCC. LV.

PRÉFACE.

SOUVENT on ignore la cauſe des plus grands évé-nemens : ſouvent l'Hiſtorien qui combine les circonſtances, & le chercheur d'Anecdotes qui ne veut voir la vérité que dans des routes écartées, ſont également embarraſſés pour rendre raiſon de la diſgrace d'un homme qui, aux yeux du Public, n'avoit mérité que de la faveur. Ils ne peuvent offrir que des conjectures deſtituées de tout fondement ſolide, & dont un Lecteur judicieux ne peut jamais être entierement ſatis-

fait. Le temps enfin perce feul
ces nuages obfcurs. Un Particulier , qui a été l'ame des
affaires les plus importantes
de fon temps , laiffe par écrit
à fa famille un récit naïf des
affaires d'Etat , dont il a été
dans le fecret l'organe & le
Miniftre principal. Après quelques années vient l'inftant ,
où l'on peut faire part au Public de ces Mémoires , & l'on
eft tout étonné de voir combien étoient petites les circonftances qui ont déterminé
les plus grands événemens.

Tels font les Mémoires que
l'on donne au Public : ils ont
été trouvés dans les papiers
d'un homme de Lettres décé-

dé depuis peu de temps. Le ſtile en eſt un peu lâche, & ſe reſſent un peu des premiers temps où l'Auteur a vécu ; on n'y a cependant corrigé que quelques endroits où le ſens péchoit manifeſtement ; on a craint, en faiſant des change-mens plus conſidérables dans une premiere édition, de s'at-tirer le reproche d'en avoir alteré le texte. Au-reſte on trouvera dans ces Mémoires des faits bien intéreſſans & dont l'Auteur ſeul pouvoit donner connoiſſance.

Il ſe nommoit Pierre de la Porte : il fut d'abord Porte-Manteau de la Reine Anne d'Autriche, femme de Louis

XIII. puis Maître d'Hôtel & Premier Valet de Chambre du feu Roi Louis XIV. Il avoit épousé Françoise Cottignon de Chauvri, de laquelle il eut plusieurs enfans, dont deux seulement sont venus à ma connoissance. Il mourut le 13. Septembre 1680. âgé de soixante-dix-sept ans. Ceux de ses enfans dont j'ai eu connoissance sont :

1°. Gabriel de la Porte, mort Doyen du Parlement de Paris le 11. Février 1730. âgé de quatre-vingt-deux ans, auquel il n'étoit resté qu'une fille, nommée Marguerite Françoise de la Porte, qui avoit épousé Jean Nicolas de

Pleurre, Seigneur de Romil-
ly, Conseiller Honoraire en la
Grande Chambre du même
Parlement de Paris, & morte
le 15. Avril 1713. âgée de
trente-deux ans.

2°. Magdelaine de la Porte,
veuve depuis le 31. Août 1718.
de Louis Marquis de Cleres,
Chevalier Seigneur de Gou-
pilleres, Châtelain de Prunai-
le Gillon, Tourty, &c. morte
le 5. May 1735. âgée d'environ quatre-vingt-six ans, ne
laissant qu'une fille Religieuse.

Pierre de la Porte, Auteur
de ces Mémoires, s'attacha in-
violablement à la Reine Anne
d'Autriche : il fut le seul Mi-
nistre des intrigues & des cor-

respondances qu'elle entretenoit secretement avec le Roi
d'Angleterre, le Roi d'Espagne,
& autres Princes alors ennemis de l'Etat. Il connoissoit
parfaitement combien le métier qu'il faisoit pouvoit deve-
nir dangereux pour lui ; mais
son attachement pour la Reine
le fit passer par-dessus toutes
sortes de considérations; cependant le Cardinal de Richelieu
auquel rien n'échappoit eut
quelque soupçon des services
qu'il rendoit à cette Princesse,
& le fit mettre à la Bastille ;
il y souffrit beaucoup, & n'en
sortit que lorsque Louis XIII.
se fut reconcilié avec la Reine
& qu'elle fut devenue grosse

du feu Roi. De-là il fut envoyé en éxil à Saumur, où il
resta jusqu'en 1643. temps au-
quels Louis XIII. étant mort
la Reine le rappella à la Cour,
lui fit d'abord du bien, mais le
disgracia ensuite sans le moindre fondement, oubliant les
services les plus essentiels qu'il
lui avoit rendus.

On pourroit presque appli-
quer à la manie du service des
grands, ce qu'on dit commu-
nément de la recherche de la
pierre philosophale *initium de-
cipi, medium laborare, finis men-
dicare;* on commence par être
duppe, ensuite l'on travaille,
& l'on finit par vivre sans bien.
Un particulier qui vit à la

Cour, quoique dans un état
très-médiocre, se voit continuellement entouré de tout ce
qu'il y a de grand dans l'Etat,
l'éclat des richesses & de la
grandeur l'éblouït & le tranf-
porte, il eft continuellement
affiégé par des idées de fortune qui, pour ainfi dire, lui
tournent la tête, l'envie de
parvenir le dévore, l'exemple
de ceux de fon état qu'il voit
s'être élevés, lui fait la plus
dangereufe illufion, il em-
braffe avec ardeur la premiere
occafion qu'il peut regarder
comme un acheminement à
la fortune quoique fouvent il
y ait pour lui du travail & du
rifque, & plus fouvent encore

après fes travaux il ne trouve que peu de reconnoiffance chez le Maître qu'il a fervi avec le plus grand zele & la plus grande fidélité. C'eft pofitivement ce qui arriva à M. de la Porte.

Le Cardinal de Richelieu qui fe connoiffoit en hommes, & qui fçavoit parfaitement diftinguer ceux dont les lumieres & le courage étoient capables de vaincre certaines difficultés, qui ne fe rencontrent que trop dans les grandes affaires, eut grande envie d'attacher M. de la Porte à fon fervice; il étoit bien fur qu'il étoit le Miniftre affidé des correfpondances fecretes de la

Reine Anne d'Autriche avec plusieurs Princes alors ennemis de l'Etat ; il fit tous ses efforts pour le gagner ; l'épouvanter, le convaincre , pour lui faire avouer ce dont il ne pouvoit avoir de preuves suffisantes ; n'ayant pu venir à bout de rien de tout cela , il ne put s'empêcher d'admirer la constance & la fermeté de ce serviteur fidéle , & l'on voit par ce qui est rapporté dans ces Mémoires qu'il ne croyoit pas en avoir un seul de cette trempe.

Les services que M. de la Porte avoit rendus à la Reine Anne d'Autriche , étoient de si grande importance qu'ils mé-

ritoient fans contredit une reconnoiffance plus marquée de
fa part , & un éxamen plus
éxact du fujet de fa difgrace.
Il faut pourtant avouer qu'il
pouffa un peu trop loin fon
zéle pour la réputation de cette Princeffe, & qu'il y avoit de
l'indifcrétion dans les difcours
qu'il lui tint au fujet du Cardinal Mazarin. Il devoit fçavoir qu'on ne guérit point une
paffion décidée par une re-
montrance , fi fage , fi forte
qu'elle puiffe être ; & je fuis
perfuadé que ce font certaines converfations trop finceres
qu'il eut avec la Reine , qui
commencerent à indifpofer
cette Princeffe contre lui, peut

être même fans qu'elle s'en apperçut ; car une perfonne de fon état devoit bien fouffrir de s'entendre réciter l'opinion publique, alors fi fâcheufe pour elle, par un homme de l'état de M. de la Porte. Ses vûes étoient pleines de droiture & de probité ; mais en fe montrant bon ferviteur, il fut mauvais courtifan. Pour fe foutenir à la Cour, il faut fçavoir encore plus modérer fes vertus que fes vices. M. de la Porte dit que Madame de Motteville fut la feule qui fut inftruite du fujet de fa difgrace, quoiqu'elle n'en convienne point dans fes Mémoires. Au-refte on peut dire que ce

fecret étoit lié avec des circonftances bien étonnantes. Le
Lecteur en jugera.

Je ne puis m'empêcher en
finiffant de faire ici une obfer-
vation fur un trait qui eft
rapporté dans ces Mémoires.
L'Auteur dit qu'il fut mis à la
Baftille dans un cachot, d'où
avoit été tiré peu de jours auparavant pour aller au fuppli-
ce, un nommé du Bois, qui
avoit trompé le Roi, & le
Cardinal de Richelieu auf-
quels il avoit promis de faire
de l'or. Il falloit que le Cardinal fut bien fimple fur cet
article d'avoir donné dans une
pareille charlatanerie, & bien
cruel de la punir de mort.

Que penfer de Louis XIII. qui
permettoit que fon Miniftre
portât à cet excès l'abus de fon
autorité ? Nous fommes heureux de vivre fous un Prince
incapable de ces actions fan-
guinaires, & que nous con-
noiffons tous pour être avare
du fang de fes Sujets.

MEMOIRES

PARTICULIERS.

IL y a long-temps que j'ai eu
deffein de faire une relation de
toutes les avantures qui me font
arrivées à la Cour ; mais dans le
temps que j'en avois la mémoire
encore fraîche , cent chofes m'en
ont détourné. Et préfentement que
j'ai ce loifir , ma mémoire ne me
préfente prefque plus que des idées
détachées , & dénuées de plufieurs
circonftances dont il me feroit difficile de faire un ouvragé fuivi. Malgré cela je ne laifferai pas d'écrire
ce que je fçai & de l'affembler comme je pourrai , puifque mon intention n'eft pas d'écrire pour le pu-

blic; mais feulement de laiffer à ma famille un portrait de ma vie.

L'an 1624. il y avoit environ trois ou quatre ans que j'étois au fervice de la feuë Reine Anne d'Autriche, en la charge de Porte-Manteau ordinaire de Sa Majefté, lorfque le Comte de Carlifle que l'on appelloit alors Mylord de Haye, vint en France en qualité d'Ambaffadeur du Roi d'Angleterre, demander Madame Sœur du Roi pour le Prince de Galles; il fut bien-tôt fuivi de Mylord Riche, qui depuis à porté le nom de Comte de Hollande, un des plus beaux hommes du monde, mais d'une beauté effeminée, & l'année fuivante le Duc de Boukinham, favori du même Roi, vint en qualité d'Ambaffadeur Extraordinaire pour la conclufion de ce mariage, & pour conduire Madame en Angleterre. C'étoit l'homme du monde le mieux fait, & de la meilleure mine, il parut à la Cour avec tant d'agrément & de magnificence, qu'il donna de l'admiration au peuple, de la joye & quelque chose de plus aux Dames, de la jaloufie aux galans, & encore plus aux maris.

Monfieur de Chevreufe époufa Madame au nom du Prince de Galles, avec toute la pompe imaginable; & cette cérémonie eut été fuivie d'un Ballet que la Reine avoit étudié fans la mort du Roi d'Angleterre qui changea toute cette cérémonie en deuil; mais Madame ne fut pas long-temps à fe confoler de cette perte, un Royaume que lui donnoit cette mort valoit bien un beau-pere, outre qu'il n'eft pas permis aux perfonnes de cette condition de s'affliger long-temps, leurs perfonnes étant trop cheres au public.

Monſieur & Madame de Che-
vreuſe la conduiſirent en Angleterre, la Reine mere Marie de Médicis, & la Reine régnante Anne
d'Autriche l'accompagnerent juſqu'à Amiens, ou ces trois Reines
tinrent ſur les Fonds de baptême les
trois enfans de Mr. de Chaulnes.
Pendant qu'elle ſéjournerent en cette
Ville, elle furent logées ſéparément
n'y ayant point de maiſon dans la
Ville, ou trois Reines puſſent loger
enſemble. La Reine (Anne d'Autriche) logea dans une maiſon où il y
avoit un fort grand jardin le long
de la riviere de Somme, la Cour s'y
promenoit tous les ſoirs, & il y
arriva une choſe qui a bien donné
occaſion aux médiſans d'éxercer leur
malignité.

Un ſoir que le temps étoit fort
ſerain la Reine qui aimoit à ſe promener tard, étant en ce jardin le
Duc de Boukinham la menoit, &

Mylord Riche menoit Madame de Chevreuse : après s'être bien promenée, la Reine se reposa quelque temps & toutes les Dames aussi, puis elle se leva & dans le tournant d'une autre allée ou les Dames ne la suivirent pas si-tôt, le Duc de Boukinham se voyant seul avec elle, à la faveur de l'obscurité qui commençoit à chasser la lumiere s'émancipa fort insolemment jusqu'à vouloir caresser la Reine, qui en même temps fit un cri auquel tout le monde accourut.

Putange Ecuyer de la Reine qui la suivoit de vûe arriva le premier, & arrêta le Duc qui se trouva fort embarrassé, & les suites eussent été dangereuses pour lui, si Putange ne l'eut laissé aller, tout le monde arrivant là-dessus le Duc s'évada. Et il fut résolu d'assoupir la chose autant que l'on pourroit.

La Reine d'Angleterre, Monſieur & Madame de Chevreuſe partirent incontinent avec tous les Anglois pour Boulogne, ou la flotte d'Angleterre étoit arrivée ; mais auſſi-tôt il s'éleva une tempête qui les empécha de s'embarquer pour l'Angleterre , & les arrêta huit jours , pendant leſquels nos deux Reines demeurerent à Amiens. Comme la Reine avoit beaucoup d'amitié pour Madame de Chevreuſe , elle avoit bien de l'impatience d'avoir de ſes nouvelles, & ſurtout du ſujet de leur retardement. La Reine tant pour cela , que pour mander à Madame de Chevreuſe ce qui ſe paſſoit à Amiens , & ce que l'on diſoit de l'avanture du jardin m'envoya en poſte à Boulogne , ou j'allai & revins continuellement tant que la Reine d'Angleterre y ſéjourna. Je portois des Lettres à Madame de Chevreuſe , & j'en rapportois des
réponſes

réponses qui paroissoient être de grande conséquence parce que la Reine avoit commandé à Mr. le Duc de Chaulnes de faire tenir les portes de la Ville ouvertes à toutes les heures de la nuit, afin que rien ne me retardât. Malgré la tempête il arriva une chaloupe d'Angleterre qui passa un Courier lequel portoit des nouvelles si considérables, qu'elles obligerent Messieurs de Boukingham & de Hollande de les apporter eux-mêmes à la Reine mere : il se rencontra que je partois de Boulogne en même temps qu'eux, & les ayant toujours accompagnés jusqu'à Amiens, je les quittai à l'entrée de la Ville.

Ils allerent au logis de la Reine mere qui étoit à l'Evêché, & j'allai porter mes réponses à la Reine avec un éventail de plumes que la Duchesse de Boukingham qui étoit arrivée à Boulogne lui envoyoit ; je lui

B

dis que ces Meſſieurs étoient arrivés & que j'étois venu avec eux,
elle fut ſurpriſe & dit à M. de No-
gent-Bautru qui étoit dans ſa chambre , *encore , revenus , Nogent , je
penſois que nous en étions délivrés.*

S. M. étoit au lit ; car elle s'étoit
fait ſaigner ce jour-là ; après qu'elle
eut lû ſes lettres , & que je lui eus
rendu compte de tout mon voyage,
je m'en allai & ne retournai chez
elle que le ſoir aſſez tard : j'y trouvai ces Meſſieurs qui y demeurerent beaucoup plus tard que la
bienſéance ne le permettoit à des
perſonnes de cette condition , lorſque les Reines ſont au lit ; & cela
obligea Madame de la Boiſſiere ,
premiere Dame - d'Honneur de la
Reine de ſe tenir auprès de S. M.
tant qu'ils y furent, ce qui leur dé-
plaiſoit fort ; toutes les femmes &
tous les Officiers de la Chambre ne
ſe retirerent qu'après que ces Meſſieurs furent ſortis.

Le lendemain ils firent plufieurs allées & venuës chez la Reine mere & chez la Reine, il prirent enfin congé & s'en allerent. Auffi-tôt que la Reine d'Angleterre fut partie de Boulogne nos deux Reines partirent d'Amiens, & s'en allerent trouver le Roi à Fontainebleau qui ayant été averti de tout ce qui s'étoit paffé, en conçut une très-forte ja-loufie, par la maligne interprétation qu'on lui fit de toutes ces chofes, dont les ennemis de la Reine fe fer-virent pour entretenir la divifion entre le Roi & elle ; mais la Reine mere ne put s'empêcher de rendre témoignage à la vérité, & de dire au Roi que tout cela n'étoit rien ; que quand la Reine auroit voulu mal faire, il lui auroit été impoffi-ble y ayant tant de gens autour d'elle qui l'obfervoient, & qu'elle n'avoit pu empêcher que le Duc de Boukinham n'eut de l'eftime & même de l'amour pour elle. Elle rapporta de plus quantité de choses de cette nature qui lui étoient arrivées dans sa jeunesse. Ces raisons quoiqu'incontestables n'éteignirent pas la jalousie du Roi, & il ne laissa pas d'ôter d'auprès de la Reine tous ceux qu'il crut avoir eu part à cette intrigue.

Le 20. Juillet il envoya le Pere Segueran son Confesseur dire à Madame du Vernet, à Ribert Premier Médecin de la Reine, à Putange, & à du Jart Gentilhomme servant, qu'ils eussent à se retirer promptement de la Cour ; ils obéïrent tous, hors du Jart qui étoit pour lors en Angleterre, où la Reine l'avoit envoyé sçavoir comment la Reine d'Angleterre, & Madame de Chevreuse s'étoient portées sur la mer, la Reine n'ayant pu m'y envoyer parce que j'étois demeuré malade à Fontainebleau en y arrivant ; mais à fon retour il eut ordre de fe retirer. Pour moi comme je ne fongeois qu'à me tenir prêt, fuivant l'ordre de la Reine, pour aller en Angleterre fçavoir des nouvelles de Madame de Chevreufe, quand j'aurois recouvré ma fanté, auffi-tôt qu'on fçauroit que cette Dame feroit accouchée, tout changea de face avant cela ; il fallut partir pour un voyage à la vérité moins long, mais bien plus fâcheux, à quoi je ne m'attendois pas ; car n'ayant point été chez la Reine le jour que tous les difgraciés eurent leur congé, à caufe de mon indifpofition, je n'appris cette nouvelle que fur le foir que Pecherat, Chirurgien du corps de la Reine, me venant faigner, me la raconta, & me dit de plus qu'il couroit un bruit que j'étois du nombre des malheureux. Cela me fit faire un effort : je me levai, & le lendemain j'allai

au lever de la Reine que je trouvai
fort trifte. Dans ce même temps le
P. Segueran vint chez elle pour la
feconde fois, pour lui dire que le
Roi vouloit qu'elle ôtât encore d'auprès d'elle un de fes Domeftiques
qui s'appelloit *La Porte*. La Reine
me regarda fort triftement, & dit
au P. Segueran qu'il dit au Roi,
qu'elle le fupplioit de nommer tous
ceux qu'il vouloit ôter d'auprès
d'elle, afin que ce ne fut plus à re-
commencer.

Madame de la Boiffiere prit auffi-
tôt la commiffion de me faire ce
commandement, ce qui furprit la
Reine de voir qu'elle s'empreffoit
pour une affaire de cette nature. En
effet elle me preffa fi vivement qu'il
fembloit qu'elle rendoit un fervice
confidérable à l'Etat, & qu'il ne
feroit pas en fureté, tant que je ferois à Fontainebleau : je ne pus obtenir d'elle que deux heures tout

malade que j'étois, & il fallut partir fans prendre congé de la Reine, ce qui m'affligea beaucoup.

Lorfque je fus à Paris S. M. m'envoya quelque argent par Gaboury, avec un ordre à Mr. Feydau, Intendant de fa Maifon, pour m'en donner encore : elle commanda à M. le Comte d'Eftain, Enfeigne de fa Compagnie de Gendarmes, de m'y donner une place qu'elle voulut que j'acceptaffe, en attendant que les affaires s'accommodaffent.

J'allai à Bar fur Aube ou la Compagnie étoit en garnifon, & là, je fis une étroite amitié avec le Baron de Ponthieu qui en étoit Guidon, laquelle ne me fut pas inutile dans une occafion qui fe préfenta pour fervir la Reine, comme il fe verra par la fuite.

Auffi-tôt que je fçus que Madame de Chevreufe étoit de retour d'Angleterre, je revins à Paris en

intention de rentrer à la Cour par
son moyen, elle me donna d'abord
de l'espérance, & m'obligea même
en 1626. de faire le voyage de
Nantes *incognità*, ce que je fis avec
beaucoup de peine n'osant paroître
que la nuit ; mais la prison de Mrs.
de Vendôme à Blois, & la mort de
Mr. de Chalais à Nantes, firent voir
à tout le monde qu'elle étoit bien
éloignée d'être en état de faire la
paix des autres, & ensuite elle-
même eut ordre de se retirer de la
Cour, avec le choix d'aller avec
Madame la Vidame d'Amiens, ou
en Lorraine, & elle choisit ce dernier parti.

Nous revînmes à Paris ou Madame de Chevreuse ne fut pas plutôt
arrivée qu'on apprit l'éxécution de
Mr. de Chalais qui fut fort cruelle,
parce qu'ayant fait évader le Bour-
reau, ou fut obligé de la faire faire
par un Soldat qui le massacra de

telle forte qu'il lui donna vingt-deux coups avant de l'achever. Madame de Chalais fa mere monta fur l'échaffaut, & l'affifta courageufement jufqu'à la mort.

On parla diverfement de fon crime: les uns difoient qu'il avoit voulu tuer le Roi, & que la Reine qui étoit de ce complot devoit époufer Monfieur, & ceux qui ont eu cette imagination l'ont pouffée jufqu'à dire que plufieurs fois M. de Chalais étant maître de la garderobe avoit tiré le rideau du lit du Roi, comme il dormoit pour éxécuter fon deffein, & qu'il en avoit été empêché par un certain refpect, qui lui arrêtoit le bras lorfqu'il envifageoit Sa Majefté. Tout cela eft ridicule; & ce qui fait voir la fauffeté de ce difcours, c'eft que le maître de la garderobe ne demeure pas dans la chambre du Roi pendant qu'il dort, mais le premier Gentilhomme de la chambre, ou le premier Valet de chambre, lequel ne fort jamais, lorſque le Roi eſt au lit : d'autres diſoient plus vraiſemblablement que Mr. de Chalais avoit conſeillé à Monſieur de prendre le parti des Huguenots pour empêcher ſon mariage avec Mademoiſelle de Montpenſier qui fut fait à Nantes peu de jours avant la mort de M. de Chalais.

Le Roi eut ſoupçon que la Reine étoit de cette cabable, car avant de partir de Nantes Sa Majeſté tint un grand Conſeil, avec la Reine mere, & Mr. le Cardinal de Richelieu, ou la Reine fut mandée : je ne ſçais pas préciſément ce qui s'y paſſa, mais je ſçais bien que le Roi lui fit donner un petit ſiége pliant, & non pas un fauteuil, comme ſi elle eut été ſur la ſellette, & elle fut interrogée comme une criminelle : la Reine mere la conſola néanmoins, & les choſes s'adoucirent.

Madame de Chevreufe eut deffein de me mener avec elle en Lorraine ; mais comme je ne voulois
pas quitter le pofte ou la Reine
m'avoit mis , je m'en retournai à
l'armée auffi-tôt qu'elle fut partie ,
& n'en revins que l'année fuivante
1627.

En arrivant à Paris j'appris que
Madame étoit accouchée d'une fille
& qu'elle étoit en grand danger :
elle mourut deux jours après , &
l'on vit périr tant de belles efpérances qu'elle pouvoit avoir fe voyant
groffe & la Reine fans enfans , ce
qui lui attiroit une Cour qui donnoit de la jaloufie à la Reine. S. M.
la fut voir inhumer à Saint Denis
incognitò , & il y a eu des gens affez
méchans pour dire que cette démar-
che étoit un effet de la joye qu'elle
avoit de cette mort ; mais cela eft
fans apparence à fon égard, & quand
elle n'auroit pas été auffi pieufe

qu'elle étoit, fon efprit étoit fi
éloigné de la vengeance que je me
fuis étonné cent fois comment elle
a pu pardonner à fes plus grands
ennemis lorfqu'elle a eu le plus de
pouvoir de les perdre.

En 1628. le Roi fut fort malade
à Villeroi, où la Reine l'étant allée
voir, Mr. d'Humieres, premier
Gentilhomme de la chambre en année, la fit entrer fans demander, ne
croyant pas que le commandement
qu'on lui avoit fait de ne laiffer entrer perfonne s'étendit jufqu'à la
Reine : il eut ordre de fe retirer,
ce qui fit voir que le Roi n'étoit
point encore revenu de l'affaire de
Nantes. Le Roi s'en retourna à la
Rochelle auffi-tôt qu'il fut guéri
pour en continuer le Siége, & là
Mr. le Cardinal de Richelieu lui
découvrit une ligue qui s'étoit faite
pendant fa maladie, entre le Roi
d'Angleterre, les Ducs de Lorrai-

ne , de Savoye , de Baviere , &
l'Archiduchesse. Madame de Chevreuse étoit de cette intrigue, qu'elle
apprit à la Reine à qui elle ne dé-
plut pas , à cause de la maniere dont
elle étoit traitée. Le Roi d'Angleterre qui y avoit été engagé par le
Duc de Boukingham qui vouloit par
ce moyen prendre sa revanche du
mauvais succès que les Anglois
avoient eu dans l'Isle de Rhé , envoya pour conclure cette ligue Mylord Montaigu , depuis Catholique,
Prêtre, Abbé, & dévot , vers tous
ces Princes. M. le Cardinal envoya
ordre de la part du Roi à Mr. de
Bourbonne dont la maison est sur
les frontieres du Barrois par où devoit passer Mylord Montaigu de le
faire observer , & de l'arrêter s'il
pouvoit , ce qu'il éxécuta de cette
maniere.

Il fit déguiser deux Basques , qu'il
avoit, en compagnons de métier, qui

couroient le Pays, lesquels suivirent
partout Mylord Montaigu , tantôt
de près , tantôt de loin , ainsi que
la commodité le leur permettoit ,
& qu'ils le jugeoient à propos.
Pour ne lui pas donner de soupçon,
lorsqu'il fut dans le Barrois à son
retour , & qu'il approcha le plus
près de la frontiere de France , &
de la Maison de Mr. de Bourbonne,
un de ses Basques le vint avertir ;
aussi-tôt avec dix ou douze de ses
amis , il se rendit à son passage &
l'arrêta avec un Gentilhomme nommé Okenkam , & un Valet de
Chambre dans la valise duquel étoit
tout le traité de cette ligue ; il les
mena souper à Bourbonne , & de là
coucher dans le Château de Coiffy,
qui est assez bon pour n'être pas
pris d'insulte ; & comme l'on craignoit les troupes de Lorraine qui
étoient en grand nombre dans le
Barrois , les troupes de Bourgogne

& de Champagne eurent ordre de s'y rendre, pour de là conduire ce prifonnier à la Baftille, & la Compagnie des Gendarmes de la Reine, où S. M. m'avoit mis, fut du nombre de ces troupes.

Cette nouvelle mit la Reine en une peine extrême craignant d'être nommée dans les papiers du Mylord, & que cela venant à être découvert, le Roi avec qui elle n'étoit pas encore en trop bonne intelligence ne la maltraitât & ne la renvoyât en Efpagne, comme il auroit fait affurément : ce qui lui donna une telle inquiétude qu'elle en perdit le dormir & le manger.

Dans cet embarras elle se souvint que j'étois dans sa Compagnie de Gendarmes qui devoit être du nombre des troupes commandées pour la conduite du Mylord ; c'est pourquoi elle s'informa à Lavau ou j'étois, & par bonheur étant venu

paſſer le Carême à Paris, il me
trouva & me conduiſit après mi-
nuit dans la chambre de la Reine,
d'où tout le monde étoit retiré ;
elle me dit la peine où elle étoit,
& que n'ayant perſonne à qui elle
ſe put fier, elle m'avoit fait chercher croyant que je la ſervirois en
cette occaſion avec affection & fidélité, que de ce que je lui rappor-
terois dépendoit ſon ſalut ou ſa
perte : elle me dit toute l'affaire &
qu'il falloit que je m'en allaſſe à ſa
compagnie où dans la conduite que
nous ferions de Mylord Montaigu,
je ferois enſorte de lui parler, & de
ſçavoir de lui, ſi dans les papiers
qu'on lui avoit pris, elle n'y étoit
point nommée, & que ſi d'avanture il étoit interrogé lorſqu'il ſeroit
à la Baſtille, & preſſé de nommer
tous ceux qu'il ſçavoit avoir eu
connoiſſance de cette ligue, il ſe
gardât bien de la nommer. Enſuite

elle me fit beaucoup de belles promeffes à la maniere des grands,
lorfqu'ils ont affaire à des petits ;
de forte que je partis fans attendre
le jour.

J'arrivai à Coiffy comme les troupes en partoient au milieu defquel-
les étoit Mylord Montaigu fur un
petit bidet, fans épée & fans éperons, & j'appris qu'on avoit mandé
à celui qui commandoit les troupes
de Lorraine dans le Barrois qu'au
fortir de Coiffy on tireroit deux
volées de canon du Château pour
fignal qu'on emmenoit le prifonnier, & que s'ils avoient deffein de
s'y oppofer on les attendroit, ce que
l'on fit ; car on fe mit en bataille,
& on leur donna affez de temps
pour leur donner moyen de le fe-
courir ; mais elles ne fortirent point
de leurs quartiers, & nous marchâmes avec huit ou neuf cent chevaux commandés par Meffieurs de

Bourbonne & de Boulogne, fon beau-pere.

Lorfque j'arrivai à Coiffy le Baron de Ponthieu, Guidon de ma Compagnie duquel j'ai parlé ci-deffus, qui étoit fort ferviteur de la Reine, fe douta bien que la diligence avec laquelle j'étois venu avoit un autre objet que d'être à la conduite du prifonnier, & même il m'en témoigna quelque chofe, à quoi je ne contredis point ; car j'avois affaire de lui pour me faciliter l'approche du Mylord qui étoit fort obfervé : il me retint auprès de lui, & comprenant bien en quoi il me pourroit fervir fans m'en demander davantage, il ne voulut point que j'allaffe au quartier de la Compagnie, pour me donner lieu de demeurer tous les foirs avec le prifonnier, que l'on faifoit jouer fouvent avec M. de Bourbonne, & les Officiers des troupes qui le con-

duifoient. Je ne manquois pas un
foir de me trouver à fon logis, & le
Mylord m'ayant apperçu & reconnu fe douta bien que j'étois venu
pour lui parler, & que la Reine
étoit en peine ; mais il n'y avoit pas
moyen que je lui parlaffe fans hazarder de tout perdre : le Baron de
Ponthieu nous obfervoit & fut enfin confirmé dans l'opinion qu'il
avoit eue d'abord que j'étois venu
pour parler au Mylord ; & croyant
rendre un fervice à la Reine, fans
fçavoir quel il étoit, un foir qu'il
manquoit un quatriéme à ces Meffieurs pour jouer au Reverfis, il me
demanda fi je fçavois ce jeu, & lui
ayant dit que je le fçavois un peu,
il me fit affeoir entre lui & le Mylord qui en fut ravi, & qui auffi-tôt
me marcha fur le pied ; je lui rendis
fur le champ fon compliment de la
même maniere ; puis nous jouâmes,
& étant apprivoifés, il prit fujet de

me parler tous les jours ; & ainſi
nous accoûtumâmes tous les ſur-
veillans à mon viſage ſans qu'ils ſe
doutaſſent de rien : je lui dis la peine où étoit la Reine : à cela il me
répondit qu'elle n'étoit nommée ni
directement ni indirectement dans
les papiers qu'on lui avoit pris, &
m'aſſura que s'il étoit interrogé, il
ne diroit jamais rien qui lui put
nuire, quand même on le devroit
faire mourir. Ce fut aſſez : je conti-
nuai toujours à me trouver les ſoirs
pour voir jouer ces Meſſieurs afin
que rien ne parut affecté, & quoique je ſçus l'impatience où étoit la
Reine, je ne voulus point prendre
les devants de peur que cela ne fut
remarqué : je ſuivis toujours le con-
voi, & étant arrivé à Paris le jour
du Vendredi Saint, on mit le pri-
ſonnier à la Baſtille, & je fus ra-
mené par Lavau la nuit au Louvre ;
je trouvai la Reine fort affligée, &

extrêmement ennuyée de la longueur de mon voyage. Mais après
lui avoir rendu un compte éxact,
lui avoir fait entendre que la chose
étoit fort délicate, & particulierement à un homme chassé de la
Cour ; qu'après avoir parlé à Mylord Montaigu je n'avois pas osé
quitter la compagnie pour la venir
ôter de peine, de peur de donner à
connoître que je n'étois allé que
pour cela, elle approuva ma conduite. Mais après que je lui eus dit
la réponse de Montaigu, elle tres-
saillit de joye, & me réïtéra toutes
les belles promesses qu'elle m'avoit
faites avant de partir, me disant
que ce service étoit le plus grand
& le plus important qu'on lui put
jamais rendre.

La découverte de cette intrigue
& la prise de la Rochelle dissipe-
rent tous les desseins des Princes
ligués, & Mylord Montaigu de-

meura encore quelques années à la
Baftille.

L'année fuivante qui étoit ce me
femble 1629. les affaires de Lorraine fe brouillerent, & pour les paci-
fier, Mr. de Ville frere de Mr. de
Bourbonne, dont nous avons parlé,
alloit fans ceffe de Lorraine à la
Cour, & de la Cour en Lorraine
fans pouvoir rien faire, fi bien que
la négociation étant ceffée, le Duc
de Lorraine mal-informé de ce qui
fe paffoit à la Cour contre lui, donnoit dans tous les pannaux qu'on
lui tendoit. La Reine pouffée par
l'inclination qu'elle avoit pour Madame de Chevreufe, & par pitié
pour ce pauvre Prince, à qui elle
fçavoit que ces chofes arrivoient
par les artifices de M. le Cardinal
leur ennemi commun, chercha toutes les voyes de l'obliger en lui donnant tous les avis qu'elle pouvoit,
& pour cela elle me fit chercher par

Lavau : il lui fut aifé de me trouver,
car j'étois demeuré malade à Paris,
& je ne faifois que commencer à
fortir de la chambre quand il me
vint dire qu'il falloit aller au Louvre à l'heure ordinaire, où la Reine me dit qu'elle vouloit avertir le
Duc de Lorraine d'une chofe fort
importante, mais qu'il falloit qu'il
reçut fa lettre avant que la Mazure
qui y alloit de la part de la Reine
mere y arrivât, & que fi je le ren-
controis au retour je priffe bien garde d'être reconnu. J'arrivai à Nancy,
je donnai mes lettres, j'eus réponfe,
& j'étois parti avant que la Mazure
fut arrivé ; car je le trouvai à Ligni
en Barrois, mais m'étant écarté du
chemin il ne put me reconnoître.

La Reine fort fatisfaite me redoubla fes promeffes qui auroient
pu donner de grandes efpérances à
un homme ambitieux. Je m'en retournai à la garnifon ou quelque

temps après nous eûmes ordre de
marcher avec armes & bagages à
Ville - Juive , & nous trouvâmes
quinze cent chevaux de différentes
Compagnies à ce rendez-vous sans
sçavoir pourquoi ; mais aussi - tôt
nous y vîmes arriver la Reine mere
en litiere, & la Princesse Marie dans
le carrosse du corps qui suivoit
avec toutes les Dames : tout cela
marchoit entre la cavalerie legére
& la gendarmerie , & nous allâmes
en cet ordre jusqu'à l'entrée de la
Forêt de Fontainebleau , où nous
trouvâmes les Gendarmes du Roi,
les Chevaux legers de la Garde,
& les Mousquetaires du Roi qui
acheverent de conduire la Reine
mere & cette Princesse à Fontainebleau où le Roi les attendoit : on
nous dit que Monsieur étoit amoureux de cette Princesse, la Reine
mere avoit eu peur qu'il ne l'enle-
vât ; car elle ne vouloit point ce mariage ,

riage, à cauſe de l'averſion qu'elle avoit toûjours euë pour M. de Nevers, par ce, diſoit-on, que lorſque le feu Roi Henri IV. la voulut épouſer, il l'en avoit diſſuadé de tout ſon pouvoir ; juſqu'à dire qu'il l'avoit refuſé lui-même. Dans notre marche il arriva un accident que je ne veux pas obmettre, quoiqu'il ſemble être hors de mon ſujet, parce qu'il fait bien connoître juſqu'où va la foibleſſe des grands. Un des mulets qui portoit la litiere de la Reine tomba dans la plaine de long boyau, il ne fut pas plutôt relevé que S. M. envoya un de ſes Gentilshommes nommé Desgarets à Paris pour ſçavoir d'un Italien nommé Nerly qui étoit à Madame de Combalet, à préſent Madame d'Eguillon, lequel ſe mêloit de faire des horoſcopes, ce que ſignifioit la chute de ſon mulet, tant elle étoit prévenuë de la vaine ſcience de ces Charlatans.   C

Le Duc de Mantoue mourut l'année fuivante 1630 ; mais le Duc de
Nevers à qui fes Etats appartenoient n'en put obtenir l'inveftiture
de l'Empereur ; cela alluma la guerre entre lui & le Roi qui avoit pris
ce Prince fous fa protection, & qui
pour cet effet s'en étant allé à Lyon y
tomba fi malade qu'il en penfa mourir : j'y paffai dans ce temps-là avec
la Compagnie des Gendarmes de la
Reine qui alloit fervir dans l'armée
du Maréchal de Marillac, chacun
fçait ce qui fe paffa à Lyon & dans
l'armée d'Italie, ou le Maréchal de
Marillac fut arrêté prifonnier, &
comme le Sieur Mazarin depuis
Cardinal fit la paix devant Cazal,
& en fit partir les Efpagnols ainfi
que de tout le Montferrat par une
rufe, lorfque nous étions prêts à le
faire par la force. Je revins enfuite
à Paris après avoir enterré à Veil-
lane M. de Ponthieu mon bon ami
qui mourut de maladie.

A mon arrivée pour augmenta-
tion d'affliction j'appris que Madame du Fargis Dame d'Atour de la
Reine venoit d'être disgraciée, avec
Monsieur & Madame de Lavau Irlan qui étoient aussi à la Reine,
& mes amis particuliers. Le sujet
de ce fâcheux accident fut que M. le
Cardinal ayant toûjours entretenu
la division par ses pratiques entre la
Reine mere & la Reine, croyant
cela nécessaire à ses desseins où je
ne veux point pénétrer, Madame du
Fargis reconcilia les deux Reines,
lesquelles s'étant déclaré récipro-
quement tout ce que M. le Cardinal avoit dit à l'une pour l'animer
contre l'autre, la Reine mere indi-
gnée fit une cabale contre lui & prit
son temps de la maladie du Roi à
Lyon, pendant lequel elle ne manquoit pas de gens qui venoient s'offrir à elle, par les prétentions qu'ils
avoient en cas que le Roi mourut,

& même après la convalefcence de
Sa Majefté, & fon retour à Paris,
elle fe déclara ouvertement contre
S. E. ce qui fit qu'une grande partie de la Cour s'alla encore offrir à
elle, efperant la voir bien-tôt maîtreffe, de quoi elle fut fort près,
mais quelques jours après ayant accompagné le Roi à Verfailles pour
l'entretenir plus commodement &
M. le Cardinal n'ayant ofé fuivre
S. M. Le Cardinal de la Valette lui
dit qu'il avoit grand tort de quitter
la partie, il le crut, s'y en alla, &
étant entré hardiment ou le Roi &
la Reine mere étoient feuls, il les
furprit tellement & mit la Reine
mere en un fi grand defordre,
qu'elle ne put rien répondre à tout
ce qu'il dit au Roi, ainfi il lui fut
aifé de diffiper tous les deffeins de
cette cabale, dont les auteurs furent fi bien pris pour dupes, que la
journée ou cela arriva, fut toû-

jours depuis nommée *la journée des dupes*.

Cette avanture remit M. le Cardinal dans l'esprit du Roi où son crédit avoit été fort ébranlé, & l'y confirma si bien qu'il eut même les moyens de perdre tous les auteurs de cette intrigue, & il remonta jusqu'à la premiere cause : je veux dire Madame du Fargis qui se retira à Nancy, & Mr. & Madame de Lavau Irlan à qui l'on ne permit pas d'être ensemble de sorte qu'elle fut au Bourget & lui à Montreuil près Vincennes où je l'accompagnai, & séjournai un mois avec lui, & là nous apprîmes que la Cour alloit à Compiegne.

Madame de Lavau qui se tenoit toûjours le plus près de la Cour qu'elle pouvoit, afin d'avoir des nouvelles de son mari, & de ce qui se passoit à la Cour, m'engagea pour cet effet d'aller encore avec eux à

une maison près de Compiegne appellée le Plessis des Rois, qui étoit
au feu Baron de Ponthieu, où elle
eut facilement la liberté de se loger,
ils me chargerent d'une lettre pour
la Reine, mais étant disgracié, je
n'osois me montrer. Je priai Gaboury de me loger à son logis, &
de donner cette lettre à la Reine, ce
qu'il fit ; mais je n'en pus avoir de
réponse à cause du grand changement qui arriva à la Cour, en ce
temps-là qui étoit au commencement de l'année 1631. ce qui em-
barrassa fort la Reine. Voici comment cela arriva.

M. le Cardinal de Richelieu s'é-
toit rétabli dans l'esprit du Roi ;
mais craignant que la Reine mere
ne fit de nouveaux efforts pour l'y
ruiner, il prit le dessein de la faire
sortir du Royaume ; pour en venir
à bout & perdre en même temps
ceux qui s'étoient attachés à elle à

ſon préjudice, il fit trouver bon au Roi de la faire arrêter à Compiegne: pour couvrir ce deſſein, il fit courir le bruit que la Cour alloit paſſer tout l'hyver en cette Ville, & que l'on s'y divertiroit admirablement bien, ce que tout le monde crut aiſément par les appareils de machines pour les ballets & comédies qu'il y fit porter; pour couvrir encore ſon jeu, il s'aviſa d'un tour d'eſprit très-ſubtil, qui fut voyant M. de Baſſompierre de lui demander ce qu'on diſoit à Paris. M. de Baſſompierre lui répondit que tout le monde jugeoit par les préparatifs que la Cour paſſeroit agréablement l'hyver à Compiegne. Ne ſçavez-vous que cela, lui repartit M. le Cardinal, il y a bien d'autres nouvelles, on va arrêter la Reine mere, & mettre M. de Baſſompierre à la Baſtille; il lui dit encore en riant d'autres choſes qu'il avoit deſſein

de faire, afin que la Reine & M. de
Baſſompierre apprenant ces nouvelles d'ailleurs les regardaſſent comme de faux bruits, & ne priſſent
aucunes meſures pour parer le coup
qu'il vouloit leur porter ; cette ſub-
tilité lui réüſſit ; la Reine mere ni
ſes affidés ne ſe douterent de rien,
& ainſi ils furent pris pour dupes.

Le Roi s'en retourna à Paris, laiſ-
ſant la ville de Compiegne à la Reine
mere pour priſon, ſous la garde de
M. le Maréchal d'Etrées ; mais comme cette Princeſſe n'avoit rien fait,
qui lui put faire raiſonnablement
appréhender un plus mauvais traitement ; on lui dreſſa un piége qui
fut cauſe de ſa perte. Quelques-uns
des ſiens gagnés par ſes ennemis lui
perſuaderent que ſi elle alloit à Paris, elle ne ſeroit point en liberté,
qu'on lui donneroit des gardes même dans ſa maiſon, & l'engagerent
à ſe retirer en Flandre où ils lui

firent croire qu'elle trouveroit près de la Capelle une armée de dix mille hommes pour la recevoir, & la venger auffi-tôt de fes ennemis. Pour s'en éclaircir elle-même elle envoya fur les lieux un de fes Gentilshommes qui étant auffi gagné lui rapporta avoir vu cette armée en très-bon état qui l'attendoit.

M. Cottignon Secrétaire de fes Commandemens, homme d'honneur franc & libre, fe défiant de ces belles apparences eut beau la diffuader, & lui dire que les efpérances qu'on lui donnoit étoient auffi mal fondées, que la peur qu'on lui vouloit faire de mauvais traitemens de la part du Roi ; qu'allant chez elle à Paris, elle étonneroit fes ennemis qui ne fouhaitoient rien plus ardemment que fa fortie hors du Royaume, quoiqu'on fit femblant de la retenir prifonniere, ce qui la perdroit affurément ; elle ne le voulut point croire ;

C 5

elle s'évada, ce qui lui fut fort aifé,
& fe retira en Flandres ou au lieu
d'une armée, elle ne trouva que des
malheurs, & périt enfin miférable-
ment.

Outre ce changement il en arriva un autre qui fut qu'à la place
de Madame du Fargis, on choifit
pour Dame d'Atour de la Reine,
Madame de la Flotte afin d'attirer
à la Cour Mademoifelle d'Hautefort fa petite fille dont le Roi étoit
amoureux, & à qui il donna la fur-
vivance de cette charge quelque
temps après.

Dès que j'eus appris cette nouvelle, je m'en allai promptement
trouver mes amis au Pleffis des Rois
à qui l'ayant appris ; ils en furent
fort furpris & fort affligés ; nous re-
tournâmes au Bourget voyant que
la Cour revenoit à Paris où je fus
quelque temps après ; & cependant
Cerelle Médecin du Roi qui venoit

de Nancy voir Madame du Fargis
vint au Bourget rendre compte de
son voyage à Monsieur & Madame
de Lavau ; mais comme il alloit à
Paris , il fut arrêté par le Chevalier
du Guet, qui le fouillant , lui trouva des lettres de Madame du Fargis
pour plusieurs personnes avec un
horoscope du Roi, ce qui le fit con-
damner aux galeres , quoiqu'il dit
qu'un Médecin devoit avoir l'horoscope de son maître ; il y demeura jusqu'au commencement de la
Régence que, revenant comme tous
les autres éxilés par ordre de la
Reine, il mourut en chemin. Madame de Lavau pour l'avoir vu au
Bourget fut envoyée à Poitiers , où
son mari l'étant allé trouver peu
après, elle y mourut de la peste,
& eut cet avantage en mourant que
la Reine la pleura , & en eut un
extrême regret, aussi étoit-ce une
personne qui valoit beaucoup.

Je fus fort heureux de ne m'être point trouvé à cet entrevuë du Bourget ; car assurément il me seroit arrivé un semblable malheur ; mais j'en étois parti sur ce que Madame de Chevreuse étoit appellée à la Cour, où M. le Cardinal en avoit affaire pour ses négociations avec le Duc de Lorraine. Ce retour me fit esperer de rentrer dans ma charge, parce que je n'avois été éloigné qu'à cause d'elle & des Anglois ; comme je l'ai dit ci-dessus. Je la fus trouver à Paris, elle me fit toutes les promesses imaginables, & m'obligea de la suivre *incognitò* à Saint Germain & à Fontainebleau ; mais après avoir reconnu qu'elle craignoit de se charger de mes affaires par la peine qu'elle se donnoit de chercher des défaites, je perdis l'espérance de réüssir par cette voye : néanmoins comme alors je n'en voyois

point d'autre , je diffimulai & feignis de croire tout ce qu'elle me
promettoit. Enfin , las de cette contrainte, comme je voyois peu de gens
de ma connoiffance affez généreux
ou affez en crédit pour me protéger,
je fus obligé d'aller droit au Roi
même par le moyen de mon frere
aîné qui étoit connu de Sa Majefté ,
il le fut trouver à Monceaux , &
d'abord que le Roi le vit , il lui
demanda ce que je faifois , ce qui
lui donna lieu de dire au Roi que
depuis fix mois que j'avois eu ordre de me retirer , je n'avois pris
aucun emploi que pour fon fervice
que j'avois toûjours fervi dans la
Compagnie des Gendarmes de la
Reine dans toutes les occafions qui
s'étoient préfentées , ce que le Roi
trouva fort bon , & lui demanda ce
qu'il defiroit de lui, mon frere le
fupplia d'avoir pour agréable , que
je rentraffe dans ma charge chez la

Reine, qu'ayant tout dépenfé à l'armée, il ne me reftoit plus que cela
pour vivre, il le lui accorda, &
manda à Madame de Seneçay par
le Comte de Nogent qu'elle me reçut dans ma charge, & que j'avois
fait une affez grande pénitence pour
des péchés que je n'avois pas commis. M. de Nogent y alla, & Madame de Seneçay dès le foir même
me préfenta à la Reine qui en fut
fort furprife, & me témoigna que
fi elle avoit eu du crédit, je n'aurois pas été fi long-temps hors de
fon fervice; mais que fi elle eut fait
voir l'envie qu'elle en avoit, la chofe n'auroit jamais pu réüffir. Madame de Chevreufe fut fort étonnée,
& me dit de l'aller voir à fa chambre, ce que je fis : elle me témoigna
être ravie de mon rétabliffement,
& me demanda par quel moyen
j'en étois venu à bout : je ne pus
m'empêcher de lui dire que c'étoit

fans en avoir obligation à perfonne qu'au Roi ; elle me dit cent chofes obligeantes que je feignis de croire pour ne pas rompre tout-à-fait avec elle ; & afin de ne l'avoir pas pour ennemie , parce que la Reine l'aimoit toûjours , & que d'ailleurs elle étoit bien en apparence dans l'efprit du Roi & de S. E. qui s'en fervoit pour les négociations qu'il avoit entamées avec le Duc de Lorraine.

La Cour étant à Monceaux au commencement de l'Automne de cette année 1631. il arriva une chofe qui confirma l'opinion qu'on avoit de la faveur de Madame de Chevreufe , Mr. de Montmorency étant allé voir Madame de Montbazon de laquelle on difoit que M. de Chevreufe étoit amoureux , ils s'amuferent à faire des Valentins rimés , chacun y travailloit , & M. de Montmorency en fit un fur M. de Chevreufe , qui pour-lors avoir mal à un œil & à une dent, que voici :

Monsieur de Chevreuse
L'œil pourri, & la dent creuse.

M. de Chevreuse en fut averti & se trouvant à quelques jours de-là chez la même Dame, où étoit M. de Montmorency, il prit occasion de parler des Valentins, & dit qu'on en avoit fait un sur lui ; mais que le Poëte étoit un grand coquin de n'avoir osé mettre son nom, & que s'il le sçavoit il le traiteroit comme il le méritoit. A tout cela Mr. de Montmorency ne répondit rien ; mais le lendemain, il envoya M. le Marquis de Praslin appeller M. de Chevreuse, qu'il trouva sur les six heures au cercle chez la Reine laquelle remarqua bien qu'ils étoient sortis avec quelque dessein. M. de Chevreuse prit son Ecuyer, nommé

la Chauſſée pour lui ſervir de ſecond contre M. de Praſlin. Ils ne
purent aller juſques dans la baſſe-
cour du Château, parce qu'ils s'apperçurent qu'on les obſervoit, ſi
bien qu'ils mirent l'épée à la main
entre les Corps des Gardes Françoi-
ſes & Suiſſes ; qui en même temps
prirent les armes & les inveſtirent ;
mais ils ne purent ſi-tôt les arrêter
qu'ils ne ſe fuſſent allongé quelques eſtocades. M. de Montmorency s'appercevant qu'il ſortoit quantité de gens du Château avec M. du
Hallier à leur tête, donna promptement ſon épée à un Gentilhomme
qui ſe trouva auprès de lui ; afin
qu'il ne fut pas ſurpris l'épée à la
main, & Mr. de Chevreuſe alla
pour ſéparer ſon Ecuyer qui avoit
porté M. de Praſlin par terre & le
tenoit ſous lui : comme ils faiſoient
tous des efforts, M. de Praſlin pour
ſe tirer de deſſous, la Chauſſée pour

l'en empêcher, & M. de Chevreuſe
pour les ſéparer, il tomba ſur eux,
d'où nous le relevâmes, la Riviere
Contrôleur - Général de la Maiſon
de la Reine & moi, & après nous
ſéparâmes ces Meſſieurs qui nous
furent ôtés en même temps par les
Gardes qui les conduiſirent dans le
Château, où M. de Montmorency
avoit déja été mené par du Hallier,
M. de Chevreuſe monta à cheval
& ſe ſauva ; mais après que M. le
Cardinal eut aſſuré Madame de
Chevreuſe qu'il pouvoit revenir en
ſûreté, il vint dans la chambre au
au Châ eau où on lui donna pour
la forme M. de la Coſte, Enſeigne
des Gardes du Corps pour le garder. M. de Saint Simon, pour-lors
premier Gentilhomme de la Chambre & Favori, demanda Mr. de
Montmorency, & dit qu'il en répondoit, ce qui lui fut accordé, & on
lui donna un Exempt des Gardes.

Sur ce différent la Cour se trouva partagé tout d'un côté & presque rien de l'autre. Je ne vis que
Mr. de Rambouillet & quelques
Gentilshommes s'aller offrir à Mr.
de Chevreuse ; mais il eut Mr. le
Cardinal & Mr. de Châteauneuf.
Un grand Conseil fut tenu le lendemain au sortir duquel Mr. de Praslin & la Chauffée furent envoyés
à la Bastille, le lendemain Mr. de
Montmorency à sa maison de Chantilli, & un jour ou deux après M. de
Chevreuse, à sa Maison de Dam-
pierre, où ils furent quinze jours
ou trois semaines ; lorsqu'on les rappella à la Cour, on fit revenir M. de
Chevreuse deux ou trois jours avant
M. de Montmorency, auquel cette
différence fut très-sensible ne s'attendant à rien de pareil de la part
de M. le Cardinal qui lui avoit de
grandes obligations. Quoiqu'on eut
fait sortir Monsieur de Praslin & la

Chauſſée de la Baſtille, il embraſſa
la premiere occaſion qui ſe préſenta de faire éclater ſon reſſentiment, qui fut lorſque Monſieur
s'étant retiré en Lorraine, & de là
en Flandres dans le deſſein de faire
un parti pour la Reine mere, il s'en
alla lever des troupes pour S. A. R.
en ſon Gouvernement de Languedoc, où il périt de la maniere que
chacun ſçait, en 1632.

Lorſqu'il fut pris le Roi partit
pour Lyon; & cependant la Reine
m'envoya de Nevers à Bourges,
trouver Madame la Princeſſe ſa ſœur
pour lui témoigner la part qu'elle
prenoit à ſon affliction, je rejoignis
la Cour à la Páliſſe, où je m'apperçus bien que mon voyage n'avoit pas
plu au Roi. Un peu après que nous
fûmes arrivés à Lyon, la Reine apprit la mort de l'Infant Dom Carlos
ſon frere, ce qui mit toute la Cour
en deuil, & ce chagrin fut encore

augmenté par la petite vérole qu'eut
Madame d'Haute-Fort qui l'empêcha de faire le voyage.

On fit mourir Mr. le Comte de
l'Eſtrange au Pont St. Eſprit, M. des
Hayes à Beziers, & M. de Montmorency à Touloufe, tous trois prefque pour le même ſujet. Monſieur
de Montmorency fut décapité dans
l'Hôtel de Ville, les portes fermées ;
& dès que l'éxécution fut faite
on ouvrit les portes ; j'y vis entrer
le peuple en grande foule ramaſſer
tout ſon ſang dans leurs mouchoirs,
& emporter les ais de l'échaffaut,
où il en étoit encore reſté ; tant il
étoit aimé des peuples de ſon Gouvernement, & la préſence du Roi à
Touloufe n'empêcha point le peuple de cette Ville de lui rendre ce
témoignage d'affection. Mais ce que
j'admirai davantage fut le procédé
de M. de Chevreuſe, lequel paſſoit
pour ſon ennemi ; tant pour les an-

ciennes jalousies de leurs maisons,
que pour le démêlé dont je viens
de parler, & qui fut néanmoins le
seul avec Monsieur qui sollicitoit
ouvertement pour lui sauver la vie,
à quoi n'ayant pu réüssir, il en eut
tant de regret, que je l'en ai vu
moi-même pleurer très-amerement,
& ce fut de cette mort que Monsieur prit prétexte de faire son se-
cond voyage en Lorraine & en
Flandres.

Après l'éxécution de Monsieur de
Montmorency, le Roi s'en revint à
Versailles en toute diligence par le
Limousin. M. le Cardinal vint avec
la Reine, & prit la route de Guyen-
ne & de Poitou, dans le dessein de
lui faire une magnifique réception
à la Rochelle, mais Son Excellence
se trouva mal en chemin d'une re-
tention d'urine ; cependant nous arrivâmes à Cadillac, où M. d'Esper-
non traita la Reine & toute la Cour

trois jours de fuite avec une grande magnificence. M. le Cardinal dont le mal augmenta n'ofa s'y arrêter qu'une nuit, de crainte que Mr. d'Epernon qui n'étoit pas fon ami ne lui jouât un mauvais tour, il crut y avoir donné bon ordre, car il fe fit accompagner en ce voyage par fes Gendarmes, Chevaux legers, & Gardes de fon Corps, & de plus encore par 1200 chevaux de l'Armée du Roi. Etant arrivés à Cadillac, Mr. d'Epernon fit loger toute cette efcortte de l'autre côté de la Riviere, hormis les Gardes du Corps & les Domeftiques, qui ne trouverent point de logis pour eux, & M. d'Epernon difoit en raillant à la Flêche, Maréchal de Logis de S. E. *logés bien les gens de M. le Cardinal, mais ne logés pas les miens.* En effet, il avoit donné de fi bons ordres pour que les gens de M. le Cardinal ne fuffent point logés, que M. de Ca-

hufat étoit logé chez le Maréchal
ferrant : ainfi tous fes gens logerent
dans fa chambre & dans fon anti-
chambre, il délogea dès le grand
matin fans avoir rien pris qu'un
bouillon qui n'étoit pas de la cuifine
de M. d'Epernon, le prétexte de cette
diligence fut la crainte de la marée,
mais la vérité étoit que M. le Cardinal ne fe croyoit pas en fûreté,
où M. d'Epernon étoit le plus fort,
étant arrivé à Bordeaux, il y demeura malade tout-à-fait.

La marée fuivante la Reine partit
pour Bourdeaux ; mais comme elle
ne fe hâtoit pas, M. d'Epernon vint
le matin lui faire ce compliment :
*Madame, je ne vous veux pas faire
peur, ni vous chaffer de chez moi ;
mais je vous avertis que la marée va
partir, & puifqu'elle n'a pas attendu
S. E. je ne crois pas que V. M. doi-
ve efperer qu'elle l'attende.* La Reine
vint donc à Bourdeaux où elle ne
demeura

demeura qu'un jour ; & elle en partit pour Blaye. Aussi-tôt après Mr. d'Epernon vint à Bourdeaux, où il trouva S. E. fort malade, il l'alla voir soigneusement tous les matins avec deux cent Gardes qui l'accompagnoient jusqu'à la porte de sa chambre, ou s'asseyant sur un fauteuil à côté de son lit, il lui disoit : *Je ne viens point pour vous incommoder, mais pour sçavoir l'état de votre santé.* Ce qui ne guerissoit pas la fiévre de S. E. qui craignoit qu'il ne se saisît de sa personne, & ne le mit au Château Trompette, ce qu'on prétend qu'il eut fait sans la croyance qu'il avoit qu'il ne rechapperoit pas de cette maladie, & qu'il en seroit défait sans user de violence ; mais s'il eut ce dessein, ce que je ne veux pas croire, il fut fort trompé dans la suite.

La Reine étant allé de Blaye à Paris, me renvoya à Bourdeaux sça-

D

voir des nouvelles de la santé de
M. le Cardinal , curieuſe de ſçavoir
s'il étoit ſi mal qu'on le diſoit ; elle
& Madame de Chevreuſe lui écri-
virent. Je le trouvai entre deux petits lits ſur une chaiſe , où on lui
penſoit le derriere , & l'on me donna le bougeoir pour lui éclairer à
lire les lettres que je lui avois apportées , enſuite il m'interrogea fort
ſur ce que faiſoit la Reine , ſi Mr.
de Châteauneuf alloit ſouvent chez
elle , s'il y étoit tard , & s'il n'alloit
pas ordinairement chez Madame de
Chevreuſe , à quoi je répondis en
homme qui n'avoit connoiſſance
que des choſes que tout le monde
ſçavoit.

Après qu'il eut bien finaſſé avec
moi , & que j'eus fait l'ignorant autant qu'il me fut poſſible , il m'envoya dîner ; mais j'allai voir auparavant M. le Maréchal de Schomberg qui étoit malade , ayant à lui

donner une lettre de Madame de Liamour, fa fille. Je le trouvai en affez bonne fanté, à ce qu'il croyoit, & il me dit même qu'il alloit fe lever pour dîner avec M. l'Evêque d'Agen, fon neveu, qui a été depuis Archevêque d'Alby ; que je pouvois affurer fa fille qu'il étoit guéri, & qu'il avoit bon appétit, qu'après qu'il auroit dîné, il me donneroit fa réponfe : je fus pour la querir ; mais je le trouvai mort. Un abcès ayant crevé à la fin de fon repas, l'avoit étouffé.

Je retournai chez M. le Cardinal, qui m'avoit envoyé chercher pour me donner fa réponfe ; il fçavoit déja cette mort dont je le trouvai fort touché & fort allarmé, foit pour la perte d'un homme qu'il croyoit tout à lui ; foit parce qu'il en appréhendoit autant, n'étant pas guéri, ni en état de l'être fi-tôt ; il me chargea de dire à la Reine, à Madame de Chevreufe, & à Monfieur

D 2

de Châteauneuf, qu'il les prioit de faire enforte que cette mort fut fi fecrette que Madame de Liancourt ne la fçût point parce qu'elle apporteroit du trouble à la fête qu'il vouloit donner à la Reine & à toute fa Cour à la Rochelle, où il avoit envoyé M. le Maréchal de Meilleraye & M. le Commandeur de la Porte fes parens pour la recevoir. J'avois aufli été voir M. d'Epernon à qui la Reine m'avoit commandé d'aller faire un compliment de fa part, lequel me fit donner une haquenée & un laquais pour faire une commiffion dans Bourdeaux, car j'avois laiffé mes chevaux de pofte à Blaye : il fit ce qu'il put pour me faire accepter cette haquenée, mais je m'en deffendis, & je tins bon jufqu'à la fin, n'ayant jamais aimé à recevoir que de ma maîtreffe.

Comme j'eus repris mes chevaux à Blaye, je n'eus pas fait deux poftes, que je trouvai un Courrier de la part de M. le Garde des Sceaux de Châteauneuf, *nommé Lange,* qu'il m'envoyoit pour me hâter, car il étoit en grande impatience de sçavoir si son Eminence mourroit de cette maladie.

Je trouvai la Reine à Surgere; mais comme il étoit trop matin pour lui parler, j'allai descendre chez M. de Châteauneuf, auquel je dis d'abord que S. E. se portoit mieux, qu'un Chirurgien nommé Minglefaux l'avoit fait uriner, & que toutes les opérations qu'on avoit faites depuis ce tems-là avoient bien réüssi, je m'apperçus bien que ce récit ne lui plaisoit pas, & après lui avoir dit la mort de M. le Cardinal de Schomberg, il me parut surpris & touché, ce qui me fit croire qu'ils étoient amis, & qu'il y avoit intelligence entr'eux. J'allai de-là chez Madame de Chevreuse, où il se

D 3

rendit auffi - tôt, & peu de temps
après, on les vint avertir que la
Reine étoit éveillée : j'y allai avec
eux, & après avoir rendu compte à
S. M. de tout mon voyage, lui avoir
dit la fupplication que lui faifoit M.
le Cardinal, de tenir la mort de M.
de Schomberg fecrette, & lui avoir
rendu mes dépêches, je les laiffai en
confeil, où je crois qu'il n'y eut rien
de réfolu que de faire bonne mine,
& de montrer fur le vifage plus de
joye qu'ils n'en avoient dans le
cœur; car leur ayant dit les interrogations que M. le Cardinal m'avoit
faites, ils durent croire qu'il foup-
çonnoit leur intrigue.

De Surgere nous allâmes à la
Rochelle, où la Reine, toute fa
Maifon & toute fa Cour furent trai-
tées trois jours de fuite avec toute
la pompe imaginable, il y eut toute
forte de plaifirs & de divertiffemens,
un combat naval, feux d'artifices,

bals, comédies, musique de toute espece. L'entrée fut admirable, & la harangue que le Lieutenant Criminel fit à la Reine fut trouvée par S. M. la plus belle qu'elle eut entenduë depuis qu'elle étoit en France.

De la Rochelle la Reine s'en alla à Poitiers, d'où elle m'envoya à Saugeon ou S. E. s'étoit fait porter après la mort de M. de Schomberg, ne croyant pas pouvoir demeurer à Bourdeaux en sûreté, Mr. d'Epernon y étant le maître, & la Cour éloignée : aussi en étoit-il parti à son insçu, accompagné du Cardinal de la Valette, son fils, qui s'étoit entierement attaché à S. E. au préjudice de son pere, au moins en apparence ; & cette évasion que j'ai sçûë de M. de la Houdiniere, Capitaine des Gardes de S. E. qui y étoit, fait bien voir la fausseté de ce qui est rapporté à ce sujet dans l'histoire de M. d'Epernon, où il est dit

qu'il accompagna le Cardinal jufqu'au batteau. Je trouvai S. E. un
peu mieux, mais non pas en état
de fe pouvoir mettre en chemin;
dès le lendemain j'eus mes dépêches qu'il me donna lui-même en
me faifant bien des careffes, & me
queftionnant toûjours fur la conduite de Madame de Chevreufe,
& de M. de Châteauneuf.

A mon retour je trouvai la Reine à Amboife, d'où nous vînmes
droit à Paris, où étant arrivés, nous
apprîmes que M. le Cardinal étoit
en chemin, & la Cour alla enfuite
à St. Germain pour le recevoir, ce
qui fe paffa, ce me femble, vers la
fin de l'année.

Mr. le Cardinal qui avoit été
éclairci de la cabale que Madame
de Chevreufe, & M. de Châteauneuf avoient faite pour le retour de
la Reine mere pendant le voyage &
fa maladie, fit auffi-tôt après arrêter

prisonnier Mr. de Châteauneuf &
lui fit ôter les Sceaux ; M. d'Hauterive, son frere, se sauva sur l'avis
que lui donna Mr. le Comte de
Charost sans y penser, ce qui le
mit mal avec Son Eminence ; mais
après avoir fait voir son innocence,
& s'être offert d'aller à la Bastille,
on lui pardonna.

M. d'Hauterive eut une plaisante
avanture dans la suite ; car sur l'avis
de Mr. le Comte de Charost étant
allé chez son frere, où il vit les
Suisses de la Garde du Roi qui gardoient la porte, aussi-tôt sans changer un habit de velours noir & des
bottes blanches qu'il avoit, il monta
à cheval, & passant par Beaumont
où le Prévôt étoit en quête après
quelques voleurs qui avoient fait
un meurtre depuis deux jours, le
trouvant en équipage d'un homme
qui se sauve, il l'arrêta & le mit
en prison. Le Juge du Lieu l'étant

allé voir pour l'interroger le recon-
nut pour le frere de M. le Garde des
Sceaux , apparemment parce qu'il
paſſoit ſouvent par-là pour aller à
ſon Gouvernement de Breda. Cela
étant venu à la connoiſſance du Prévôt , & des Archers qui l'avoient
arrêté , ils ſe vinrent jetter à ſes
pieds & lui demander pardon, qu'il
leur accorda volontiers pourvû qu'ils
lui fiſſent donner des chevaux en
diligence pour regagner le temps
qu'ils lui avoient fait perdre , & qui
avoit retardé les affaires du Roi,
pour leſquelles il leur fit croire qu'il
voyageoit, & qu'elles étoient ſi pref-
ſées qu'il n'avoit pas même eu le
temps de changer d'habit , en quoi
il leur diſoit vrai ſans ſe faire entendre.

Cependant Mr. de Châteauneuf
fut envoyé à Angoulême qu'on lui
donna pour priſon , & où il demeura toûjours depuis juſqu'à la fin du
miniſtére.

Pour Madame de Chevreuse elle demeura à la Cour, à cause du besoin qu'en avoit le Cardinal pour ses affaires en Lorraine, car le Duc de Lorraine excité par Monsieur ayant voulu faire quelque mouvemens, la peur qu'on eut qu'ils n'attiraffent l'Empereur dans leur parti, fit qu'on suscita les Suedois qui étoient en Allemagne, & qu'on les fit entrer en Lorraine. Le Duc de Lorraine leva aussi-tôt une belle armée pour s'oppofer à cette incursion ; mais le Roi pour le désarmer sans coup ferir lui envoya l'Abbé du Dorat qui étoit à M. de Chevreuse ; & Madame de Chevreuse même, quoique cette négociation ne lui plût pas ; cependant pour montrer son zele à Mr. le Cardinal, agit dans cette affaire contre ses propres sentimens, ne croyant pas le Duc de Lorraine si facile ; mais elle fut trompée, car l'Abbé du Dorat ayant

trouvé cette Alteſſe à Straſbourg
avec ſon armée , fit ſi bien qu'il
l'engagea à la licentier , & l'Abbé
en eut pour récompenſe la Tréfore-
rie de la Sainte Chapelle.

Cependant le Roi qui ne s'attendoit point à cela partit pour Metz ,
& étant à Château-Thiery il m'envoya avec des lettres de Madame de
Chevreuſe , trouver à Nancy M. le
Duc de Vaudemont , pere du Duc
de Lorraine , qui me fit bien connoître que les lettres que je lui avois
apportées , étoient pour les obliger
de ne point s'oppoſer aux Suedois ,
à faute de quoi il leur feroit la
guerre : comme j'avois encore ordre de la Reine de faire un compliment de ſa part à la Princeſſe Marguerite ; je le dis à M. de Vaudemont , ſon pere , qui l'envoya querir dans ſa chambre , & je ne lui eus
pas plutôt fait le compliment de la
Reine qu'on leur apporta la nou-

velle de la mort du Prince de Phalsbourg, fils naturel du défunt Duc
de Lorraine qui les affligea beaucoup aussi-bien que le Roi, quand
je la lui eus appris. Je fus aussi par
pure curiosité chez la Princesse de
Phalsbourg, fille de M. de Vaudemont, où le cercle se tenoit les soirs,
& j'y vis Monsieur, qui ne m'eut
pas plutôt apperçu qu'il me demanda ce que je venois faire, & si je
n'avois rien à lui dire.

A mon retour je trouvai le Roi à
Châlons, & de-là je suivis la Cour
à Metz, où l'on apprit que le Duc
de Lorraine avoit licencié ses troupes. Cette nouvelle fâcha fort la
Reine & Madame de Chevreuse qui
pourtant n'en témoignerent rien ;
mais la Reine ne put s'empêcher de
lui reprocher sa folie d'une plaisante
maniere, elle me commanda de faire faire un *tababare*, ou bonnet à
l'angloise de velours vert, chamaré

de paſſemens d'or, doublé de panne
jaune, avec un bouquet de plumes
vertes & jaunes, & de le porter de
ſa part au Duc de Lorraine ; c'étoit
un grand ſecret : car ſi le Roi &
M. le Cardinal l'euſſent ſçu, quelques railleries qu'elles en euſſent pu
faire, ils euſſent bien vu leur intention. J'allai donc en poſte à Nancy
trouver cette Alteſſe à qui ayant demander à parler : on me fit entrer
dans ſa chambre ; & m'ayant reconnu, il imagina bien que j'avois quelque choſe de particulier à lui dire,
il me prit par la main & me mena
dans ſon cabinet, où je lui donnai
la lettre que la Reine lui écrivoit ;
pendant qu'il la lut, j'accommodai
le bonnet avec les plumes, & je lui
dis enſuite, que la Reine m'avoit
commandé de lui donner cela de ſa
part ; il le mit ſur ſa tête, ſe regarda dans un miroir, & ſe mit ſi fort
à rire que tous ceux qui étoient dans

la chambre en étoient fort étonnés,
il me tint une bonne heure avec lui
seul dans son cabinet, & me conta
tout ce qu'il avoit fait en Allemagne
contre les Suedois, pour le salut des
Catholiques, & que son voyage
avoit été pour défendre l'Eglise de
Dieu plus que pour toute autre chose à l'exemple de ses Ancêtres. Il fit
réponse, & je retournai à Metz,
où je trouvai la Reine en grande
impatience de sçavoir comment son
présent avoit été reçu.

La suite des affaires de Lorraine
se peut voir dans l'histoire; comme
on fit la guerre à ce Duc, comme il
vint trouver le Roi, prit l'écharpe
blanche, fit le beau traité qu'il
rompit après pour en faire d'autres
encore plns désavantageux; & comme on se servit de tous ses change-
mens pour lui prendre toutes ses
places les unes après les autres.

Je reviendrai donc à Metz, où la Cour paſſa tout l'hyver de 1633. outre les affaires de Lorraine, il n'y arriva rien de remarquable que la mauvaiſe reception qui fut faite aux Députés du Parlement que le Roi avoit mandés, & auſquels il n'avoit point fait marquer de logis, pour les mortifier de ce qu'ils lui avoient déſobéï en quelque choſe ; ce fut pendant ce ſéjour que le branle de Metz revint à la mode, & que commencerent les petits jeux tous les ſoirs chez la Reine, leſquels ne ſe faiſoient pas pour elle ; mais pour Mad. d'Hautefort, & enſuite pour Mademoiſelle de la Fayette, changement dont nous parlerons ci-après.

En 1635. la guerre ayant été déclarée aux Eſpagnols, & la premiere Campagne ayant été d'abord fort heureuſe par le gain de la bataille d'avennes, la Cour étant à Château-Thiery, on dit au Roi que la Reine avoit pleuré de dépit de cette victoire ; en sorte qu'un soir avec peu de monde il vint chez elle , où il ne trouva que moi dans sa chambre , il me demanda où elle étoit, & lui ayant dit qu'elle étoit dans son cabinet, il ne voulut pas que je l'allasse avertir , & n'y entra pas cependant, il s'amusa à lire sept ou huit lettres , puis après les avoir lûës, il les mit à terre, prit lui-même un flambeau & y mit le feu , disant tout haut : *Voilà le feu de joye de la défaite des Espagnols contre le gré de la Reine*, puis il s'en alla sans la voir.

Aussi-tôt qu'il fut parti, j'en avertis la Reine, car je crus qu'il n'avoit fait cela que pour qu'elle le sçut ; cela l'affligea fort, d'autant plus que depuis ce moment il n'alloit presque plus chez elle, ce qui l'obligea d'envoyer à Condé où logeoit M. le

Cardinal pour lui faire ſes plaintes des opinions que le Roi avoit d'elle, & des mauvais offices qu'on lui rendoit auprès de S. M. par-là l'on peut voir où elle étoit réduite ; puiſqu'il falloit qu'elle eut recours pour être défenduë à ceux mêmes qui lui faiſoient le mal ; car c'étoit S. E. qui lui faiſoit toutes ces piéces afin qu'elle eut beſoin de lui, qu'il eut occaſion de la ſervir, & de gagner ſes bonnes graces qu'il n'avoit pu obtenir autrement ; il vint donc à la Cour, il ſe fit un grand éclairciſſement & les choſes s'accommoderent, aumoins en apparence. M. le Cardinal étoit ravi de ces rencontres ; car il vendoit bien cher ces petits ſervices & prétendoit que la Reine lui étoit fort obligée, dont je rapporterai ici une preuve.

Un jour le Roi étant allé de St. Germain à Verſailles, la Reine prit ce temps pour aller à Paris, ou en

arrivant près des Thuilleries elle
rencontra S. E. qui y étoit venuë &
s'en retournoit à Ruel : par une hardieſſe ſurprenante, il voulut faire
arrêter le caroſſe de la Reine, en
criant, *arrête cocher*, & déja le cocher de la Reine s'arrêtoit ; quand
S. M. vit celui de S. E. arrêté, elle
cria à ſon cocher de marcher, de
quoi le Cardinal fut fort offenſé,
& il y eut un grand démêlé à ce
ſujet entre la Reine & lui. Il lui
manda par Mr. le Gras, Secrétaire
des Commandemens de S. M., qui
étoit fort dans ſes intérêts, qu'il
croyoit par ſes ſervices avoir aſſez
mérité d'elle pour lui pouvoir parler, & qu'elle lui fit l'honneur de
l'écouter lorſqu'il avoit des choſes
de conſéquence à lui dire, & qui regardoient ſon ſervice ; elle lui manda qu'il pouvoit venir chez elle toutes les fois qu'il le jugeroit à propos, que le lieu où il l'avoit ren-

contrée n'étoit pas propre pour parler d'affaires de conséquence, & que son carosse n'arrêtoit que pour le Roi.

A quelque temps de-là le Duc de Weymard de la Maison de Saxe, qui depuis la mort du Roi de Suede commandoit pour nous en Allemagne, où il avoit remporté des avantages considérables étant venu à la Cour, Madame de Rohan jetta les yeux sur lui pour en faire son gendre. Or comme M. le Cardinal étoit fort malade à Ruel, où la Reine, quelque chose qu'on lui pût dire ne le vouloit point aller voir, Madame de Rohan qui sçavoit qu'il le souhaitoit passionnément, & qui vouloit l'obliger pour qu'il fit réüssir son dessein, importuna tant la Reine qu'elle résolut d'y aller, & elle y fut reçuë magnifiquement ; car il lui donna la collation, la musique, & & fit chanter devant elle une chanson que Chausi avoit faite exprès.

En arrivant à Ruel, elle me commanda d'aller à Paris, voir de sa part le Marquis de Mirabel, Ambassadeur d'Espagne en France, & le soir à St. Germain, elle me demanda ce qu'on disoit d'elle à Paris sur son voyage de Ruel, je lui répondis, qu'on disoit qu'elle avoit les meilleurs sentimens du monde, mais qu'elle ne tenoit pas ferme ; elle en rougit, & frappa du pied, en disant quatre ou cinq fois, *j'enrage* ; en effet, cette Princesse avoit au fond de très - bonnes intentions ; mais aussi-tôt que ceux qui avoient du crédit auprès d'elle tenoient ferme ; elle se rendoit, & demeuroit d'accord de leur opinion, si ce n'étoit en des choses qu'elle affectionnât particulierement.

Ce fut à-peu-près vers ce temps-là que commença la passion du Roi pour Mademoiselle de la Fayette, & ce changement arriva à cause de

la trop grande inclination que Mad.
d'Hautefort avoit pour la Reine,
qui étoit telle, que négligeant les
bonnes graces du Roi qui lui étoient
acquises, & hazardant entierement
sa fortune, elle aimoit mieux secourir une Princesse d'un tel mérite
dans son malheur, que de profiter
elle - même de sa faveur ; en sorte
que ni la protection de Mr. le Cardinal qui avoit besoin d'elle pour le
servir auprès du Roi, ni toutes les
offres qu'il lui faisoit faire par Mr.
de Chavigny, & ses émissaires ne
furent pas capables d'ébranler une si
généreuse résolution.

Pendant ce temps, il se fit une
cabale de Mr. de Saint Simon, de
Mr. l'Evêque de Limoges, de Madame de Seneçai, & de Mesdemoi-
selles d'Aiches, de Vieuxpont, &
de Polignac, pour introduire Mademoiselle de la Fayette à la place
de Madame d'Hautefort. S. E. pro-

tégea tellement cette intrigue, qu'en
peu de temps on vit que le Roi ne
parloit plus à Madame d'Hautefort,
& que son grand divertissement chez
la Reine étoit d'entrenir Mademoiselle de la Fayette, & de la faire
chanter. Elle se maintint bien en
cette faveur par les conseils de ceux
& celles de son parti, & n'oublia
rien pour cela ; elle chantoit, elle
dansoit ; elle jouoit aux petits jeux
avec toute la complaisance imaginable ; elle étoit sérieuse quand il
falloit l'être, elle rioit aussi de tout
son cœur dans l'occasion, & même
quelquefois un peu plus que de raison ; car un soir à St. Germain en
ayant trouvé sujet ; elle rit si fort
qu'elle en pissa sous elle, si bien
qu'elle fut long-temps sans oser se
lever, le Roi l'ayant laissée en cet
état, la Reine la voulut voir lever,
& aussi-tôt on apperçut une grande
mare d'eau. Celles qui n'étoient pas

de son parti ne purent se tenir de rire, & la Reine sur-tout, ce qui offensa la cabale, d'autant plus qu'elle dit tout haut que c'étoit la Fayette qui avoit pissé; Mademoiselle de Vieux-pont soutenoit le contraire en face de la Reine, disant que ce qui pa-roissoit étoit du jus de citron, & qu'elle en avoit dans sa poche qui s'étoient écrasés; ce discours fut cause que la Reine me commanda de sentir ce que c'étoit; je le fis aussi-tôt, & lui dis que cela ne sen-toit point le citron; de sorte que tout le monde demeura persuadé que la Reine disoit vrai; elle voulut sur le champ faire visiter toutes les filles pour sçavoir celle qui avoit pissé, parcequ'elles disoient presque toutes que ce n'étoit point la Fayet-te; mais elles s'enfuirent dans leurs chambres. Toute cette histoire ne plut point au Roi, & moins encore la chanson qui en fut faite; mais comme

comme ce n'étoit pas un sujet pour
que le Roi témoignât être fâché contre la Reine, la chose se passa ainsi,
& les Demoiselles n'oserent pas non
plus faire paroître leur ressentiment,
remettant à se venger dans l'occasion, comme elles firent dans la suite
en ma personne.

Ces petites choses aigrissant l'esprit du Roi contre la Reine, le ren-
dirent susceptible de tous les soupçons qu'on lui insinua contr'elle ;
de sorte qu'il fut aisé de lui persuader qu'elle avoit une grande passion
pour les intérêts d'Espagne ; mais
comme il n'en avoit point de preuves, il n'osoit lui en faire de repro-
ches, & se contentoit de lui témoigner beaucoup de froideur, ce qui
la touchoit extrêmement. D'ailleurs
se voyant sans enfans, & ses ennemis dans une puissance absoluë,
elle avoit sujet de craindre qu'ils ne
prissent cette occasion pour la per-

E

dre, en la faisant répudier & renvoyer en Espagne, pour faire épouser Madame d'Aiguillon au Roi. Ces réfléxions lui donnerent de grandes inquiétudes ; & n'ayant aucun sujet de consolation, elle en voulut chercher dans ses proches & dans les autres personnes qui lui étoient affectionnées, & qui avoient les mêmes ennemis. Pour y parvenir elle tâcha d'entretenir correspondance avec le Roi d'Espagne, & le Cardinal Infant, ses freres, avec l'Archiduchesse, Gouvernante des Pays-Bas, sa tante, avec le Duc de Lorraine, & avec Mad. de Chevreuse. Comme elle avoit peu de Domestiques qui ne fussent pensionnaires du Cardinal, & qu'elle avoit assez de preuves de ma fidélité, elle jetta les yeux sur moi pour ses correspondances, elle me donna les clefs de ses chiffres & de ses cachets ; en sorte qu'étant au Val de Grace, & les soirs au Lou-

vre ; quand tout le monde étoit retiré, après avoir fait tout ce qu'elle
pouvoit pour tromper ses espion-
nes, elle écrivoit ses lettres en Es-
pagnol, qu'elle me donnoit après
pour les mettre en chiffres, & lorsque je recevois les réponses je les
déchiffrois, & les mettois en Espa-
gnol pour les lui donner ; je lui faisois signe de l'œil, en sorte qu'elle
prenoit son temps pour me parler,
& je les lui donnois sans qu'on s'en
apperçut.

Pour faire tenir ces lettres en
Flandre & en Espagne, nous avions
un Secrétaire d'Ambassade en Flandre, qui les donnoit au Marquis de
Mirabel qui étoit Ambassadeur d'Espagne pour l'Archiduchesse, après
l'avoir été en France. Cet Ambassadeur faisoit tenir tous nos paquets à
leurs adresses, & nous recevions les
réponses par les mêmes voyes ; pour
la Lorraine, nous avions l'Abbesse

de Joüare de la Maifon de Guife
que j'allois voir fort fouvent ; &
pour les lettres de Madame de Chevreufe, je les lui envoyois à Tours
par la pofte, & je recevois fes réponfes par la même voye, outre
que la Reine, & elle s'écrivoient
encore par le moyen de ceux qui
alloient ou qui paffoient à Tours.
nos lettres étoient écrites avec une
eau en l'entre ligne d'un difcours
indifférent, & en lavant le papier
d'une autre eau l'écriture paroiffoit,
ainfi la Reine avoit des nouvelles
de toutes parts fans qu'on s'en apperçut, ce qui dura affez de temps.
Cependant les efpions & efpionnes
de la Reine veilloient & l'obfervoient continuellement, & comme
la Reine me parloit fort fouvent, ils
en eurent des foupçons qu'ils ne
manquerent pas de rapporter au
Cardinal, de quoi la Reine fe défia,
s'étant apperçuë un jour qu'elle

écrivoit, qu'une de fes femmes qui tenoit des heures ouvertes comme pour prier Dieu, ne fongeoit qu'à jetter les yeux fur fa lettre, ce qui lui parut évidemment, parce qu'elle tenoit fes heures le haut en-bas.

La Reine ne douta donc plus qu'elle ne fut obfervée, c'eft pourquoi me parlant un jour de cela, elle me dit que pour me mettre à couvert, elle donneroit fes lettres à une autre de fes femmes pour me les donner, quand elle ne le pourroit elle-même, à quoi je lui répondis que fi elle les lui donnoit, elle pourroit auffi lui commander de les faire tenir à fes correfpondances, parceque je ne voulois point avoir de commerce avec une femme du caractére de celle qu'elle me propofoit ; elle me demanda pourquoi ; *parce*, lui dis-je, *Madame, qu'il y va vie. Il eft vrai*, dit-elle, *mais je te promets qu'elle n'en dira rien ; auffi,*

E 3

lui repartis-je , *si elle le dit , je suis assuré de la mort , ou de la prison , alors l'assurance que me donne Votre Majesté ne me servira guére, & quand elle ne le diroit pas à S. E. c'est une femme qui peut avoir une inclination ; & je sçai qu'une femme n'a jamais rien celé à son amant ; or le galant d'un tel visage ne l'est pas pour ses beaux yeux, c'est pour faire ses affaires, ainsi ce galant-homme ne se soucira ni de V. M. , ni de moi, & les fera , in ogni modo , sans en avoir obligation qu'à sa bonne fortune : je supplie donc V. M. de ne me point donner de ces confidentes.*

La Reine ne me répondit rien sur l'heure ; mais à quelques jours de-là , elle me dit que j'avois raison ; ce qui fait voir combien cette Princesse étoit facile à persuader , & à prendre confiance aux gens qui la flatoient, ce qui a causé une partie de ses malheurs , & toutefois ne l'ayant pas été lorſqu'elle le devoit être ; c'eſt ce qui a cauſé le plus de mal ; enfin elle n'avoit de fermeté que pour les choſes qu'elle affectionnoit extraordinairement , & ſi elle me crut en cette occaſion , ce fut à cauſe du grand beſoin qu'elle avoit de mon ſervice.

Elle me le fit paroître un jour que Madame de Savoye m'ayant fait écrire par une fille de mes amies , qui étoit à elle , que ſi je voulois quitter la Reine , dont elle ſçavoit bien que je n'avois reçu aucun bien, elle me donneroit la charge de maître de ſa garderobe, & me répondoit de ma fortune : il arriva que comme je liſois cette lettre dans le grand cabinet de la Reine , M. de Guitaut, Capitaine aux Gardes vint derriere moi ſans que je m'en apperçuſſe , & lut ainſi ma lettre en même temps que moi , me la prit , & la porta à la Reine qui me demanda ſi je la

voulois quitter : qu'à la vérité, elle
ne m'avoit point fait de bien , mais
qu'elle ne feroit pas toûjours mal-
heureufe , & que j'aurois raifon de
la quitter fi elle ne m'en faifoit pas,
lorfqu'elle auroit le moyen de m'en
faire. Cette Princeffe avoit une bonté fi engageante que je me dévouai
entierement à elle ; mais comme
j'étois obligé de lui parler fouvent en
particulier, cela augmenta les foupçons de fes efpions qui me tendirent
plufieurs piéges pour me perdre.

Le premier fut en 1636. que les
ennemis ayant pris Corbie , on fit
une armée de toutes piéces pour la
reprendre, compofée de tout ce qui
étoit refté à M. le Comte de Soiffons
qui avoit été défait au paffage de
Bay, des troupes qui étoient au fié-
ge de Bâle que l'on leva , & d'autres
qu'on leva à la hâte. Le Roi & toute la Cour étoient à Madrid au Bois
de Boulogne , lorfqu'on apprit cette

nouvelle ; il vint auffi - tôt à Paris ou tous les corps de métier le vinrent trouver dans les galleries du Louvre, il les embraffa, les priant de l'affifter d'hommes & d'argent, ce qui leur gagna tellement le cœur, qu'ils en répandirent des larmes de tendreffe, & donnerent beaucoup plus qu'on ne leur demandoit, d'où l'on peut voir combien cette Nation aime fon Prince, pour le fervice duquel il n'eft rien qu'elle ne fit par la douceur. Tous les particuliers fe cottifoient eux-mêmes pour donner des foldats, & il n'y eut pas une porte cochere qui ne donnât un Cavalier armé de toutes piéces, tous les Officiers des Maifons Royales de toute condition qui pouvoient porter les armes, & quitter leur fervice, alloient à l'armée, & chacun fe croyoit offenfé qu'on lui en refufât la permiffion.

E 5

J'eus cette émulation comme les autres , & je demandai mon congé à la Reine pour y aller , ce qu'elle ne me voulut pas permettre ayant affaire de moi pour la reception de ſes lettres. Mais elle fut bien contrainte de s'y réſoudre ; car un Samedi comme elle revenoit de Notre-Dame , le Roi vint chez elle , & étant paſſé ſur le balcon qui eſt ſur la cour pour la voir arriver , il m'y trouva & me demanda fort rudement pourquoi je n'allois pas à l'armée , je lui répondis que j'en avois demandé pluſieurs fois la permiſſion à la Reine qui me l'avoit toûjours refuſée , & que je le ſuppliois très-humblement de me l'obtenir , il entra dans le cabinet de la Reine ; & lui dit : *Pourquoi ne voulez-vous pas que la Porte aille à l'armée. C'eſt qu'il eſt tout ſeul dans ſa charge* , lui répondit-elle : *je veux qu'il y aille* , repartit le Roi. Quand la Reine vit

qu'il le prenoit d'un ton si haut !
Hélas, dit-elle, *& moi aussi, il y a
long-temps qu'il me tourmente pour
cela.* Elle vit bien que ce n'étoit
que pour m'ôter d'auprès d'elle.
Deux jours après, je me mis en
équipage, & m'en allai volontaire
avec M. le Comte d'Orval, Premier
Ecuyer de la Reine, & gendre de
M. de la Force, l'un des Généraux
sous lesquels j'avois servi du temps
des guerres d'Italie. Les troupes le-
vées à Paris étant jointes à celles
qui venoient de Dole, & à celles
de M. le Comte de Soissons, Monsieur vint commander cette armée
qui se trouva de quarante mille
hommes.

Elle prit sa marche droit à Roye
qui eut la hardiesse de tenir, & de
brûler ses Fauxbourgs, & nous fûmes assez mal conduits pour nous y
arrêter ; car cette ville étant au milieu des terres, nous pouvions la

laisser derriere nous sans courir aucun risque , & pousser les ennemis
qui ne se pouvoient sauver ; mais ce
Siége qui dura deux jours leur en
donna le temps , & encore celui de
sauver leur bagage , qu'ils avoient
abandonné au passage du ruisseau
d'Ancre , & ils mirent encore le feu
à la Ville en s'en allant. On avoit
donné avis à nos Généraux de l'état
des ennemis , & qu'ils étoient aisés
à défaire dans le desordre où ils
étoient ; mais lorsque M. le Comte
de Soissons les voulut aller charger,
M. le Duc d'Orléans y voulut aller
aussi , on tint conseil , & il y fut résolu de ne pas hazarder la personne
de S. A. R. qui voyant cela ne voulut pas que Mr. le Comte y allât,
s'il n'y alloit aussi , & ce fut de cette
maniere que la jalousie de ces Princes sauva les ennemis d'un très-
grand danger.

Cependant le Roi après avoir fait faire des forts & des retranchemens depuis St. Denis le long du ruisseau de Gonesse, jusqu'au-desssus de Pontillon, s'en vint assiéger Corbie, & se logea à Mucin au-delà de la riviere de Somme. S. A. R. passa de l'autre côté ou commandoit M. le Maréchal de la Force, les ennemis firent mine de vouloir secourir cette Place; mais ils n'oserent, & enleverent seulement le quartier d'Aiguefeüil; car M. de Gassion faisant ferme dans le sien, Mr. le Comte & M. de la Force eurent le temps de mettre l'armée en bataille, & toute la nuit nous marchâmes à eux, ce qui les obligea de se retirer; ensuite étant allé en parti avec M. le Duc de la Force, fils du Maréchal, & M. de Gassion au long de la riviere, nous n'y rencontrâmes aucun des ennemis. Corbie tint près de six semaines, & à la fin du Siége cette grande armée qui étoit de quarante mille hommes, se trouva réduite à dix mille, plus par la désertion que par la mort.

Je revins à Paris avec une maladie d'armée qui m'étoit venue d'avoir campé où les ennemis avoient campé pendant qu'ils assiégeoient Corbie, où ils avoient tant laissé de corps morts que leur infection causa force maladies dans notre armée; la Reine fut bien aise de mon retour, car elle étoit fort embarrassée de ses lettres qui étoient arrivées, & qu'elle ne pouvoit déchiffrer, n'en ayant pas la liberté à cause des espions qui l'observoient continuellement pour voir ce qu'elle feroit en mon absence, & si S.M. ne mettroit point quelqu'unes d'elles en sa confidence.

Pendant les correspondances de la Reine, elle eut une grande inquiétude, sur un avis qu'on lui donna d'un livre qu'on avoit fait contre la jalousie qui avoit passé en beaucoup de mains, & que Mademoiselle de Fruges à présent Madame de Fienne avoit alors : on lui dit que le Roi le faisoit chercher, & que s'il le voyoit il pourroit croire que la Reine l'avoit fait faire pour lui, à cause de son humeur jalouse. Comme la Cour étoit alors à Saint Germain, la Reine m'envoya chez cette Demoiselle à Paris, lui dire de sa part de ne montrer ce livre à personne, & me commanda de partir si matin, que je fusse de retour à St. Germain avant que personne fut éveillé, afin qu'on ne s'apperçut point de mon voyage. J'arrivai chez Mademoiselle de Fruges avant le jour, où j'eus bien de la peine à faire venir les valets pour m'ouvrir, & bien plus pour me faire parler à la fille de la maison, car je ne voulois pas dire de quelle part, & eux avec raison

ne vouloient pas faire entrer un
homme inconnu fi matin dans la
chambre d'une fille de qualité ; en.
fin après bien des conteftations on
me mena dans fa chambre, où l'on
ne voyoit abfolument point ; comme on fit du bruit en entrant, elle
s'éveilla en furfaut, & demanda qui
s'étoit, je me nommai, & m'approchai du lit que je ne voyois point ;
elle fe raffura, & s'imagina bien de
quelle part je venois ; elle ouvrit
auffi-tôt fon rideau, je m'approchai
au bruit qu'elle fit, & elle s'avan-
çant pour m'écouter, nous nous
donnâmes de la tête l'un contre
l'autre de telle forte que cela nous
étourdit tous les deux, & il fallut
du temps pour reprendre nos efprits ; après en avoir ri, je lui fis
entendre le fujet de mon voyage à
quoi elle me fit réponfe telle que
je la defirois, & me dit que fi le
Roi lui demandoit ce livre, elle lui

diroit qu'elle ne fçavoit ce que c'étoit.

L'efprit du Roi étoit tellement en garde contre la Reine que la moindre petite apparence lui donnoit de grands foupçons; deforte que les efpionnes de la Reine avoient beau jeu pour lui faire piéce ainfi qu'à moi, & elles n'en laiffoient échapper aucune occafion.

Après l'affaire de Corbie, Mr. le Duc d'Orléans s'étant retiré mécontent à Blois, tant à caufe de l'affaire de Puilaurent, que de fon mariage que le Roi ne vouloit pas approuver, S. M. partit au cœur de l'hyver pour s'en aller à Fontainebleau, & lui envoya le P. Gondran Supérieur de l'Oratoire, & Confeffeur de S. A. R. pour le porter à un accommodement, à quoi s'employa auffi Mr. de Chavigny. De Fontainebleau le Roi alla à Orléans, par Malesherbes, & la Reine par Pi-

teaux, où elle coucha fur les car-
reaux de fon caroffe, parce que ni
les mulets, ni les chariots n'avoient
pu arriver : les chemins étant fi
mauvais que les caroffes mal attelés
ne purent arriver. Par malheur pour
moi je demeurai à Paris, jufqu'à la
veille du jour que le Roi partit, la
Reine m'y ayant laiffé pour lui apporter des lettres de Flandre, &
pour les lui donner toutes déchif-
frées, à quoi ayant paffé quelque
temps, il étoit déja tard quand j'arrivai à Fontainebleau, ce qui fut
caufe que de tout ce foir-là, je ne
vis perfonne, & le lendemain le Roi
partit fi matin que je ne le vis point.
Il fut facile de lui perfuader que
ne m'ayant point vû à Fontainebleau depuis que la Cour y étoit, la
Reine m'avoit donné quelque commiffion ; en effet, on lui dit que
j'étois allé à Tours, faire déguifer
Madame de Chevreufe, & la mener

dans un Couvent à Orléans pour lui faire voir la Reine, & l'on avoit si bien persuadé cela au Roi, qu'il avoit résolu dès que je serois de retour de ce voyage imaginaire, & que je serois entré chez la Reine, de me faire jetter par les fenêtres. Ne sçachant rien de cette résolution j'allai chez la Reine aussi-tôt que je fus arrivé à Orléans, & j'y trouvai le Roi qui se chauffoit; dès qu'il me vit, il m'appella, & me demanda assez rudement d'où je venois : je lui dis que je venois de Fontainebleau : à quoi m'ayant reparti qu'il ne m'y avoit point vû, je lui dis que j'y étois arrivé le soir fort tard, que S. M. en étoit partie le lendemain de grand matin : *Mais*, me dit-il, *j'ai rencontré la Reine près d'Artenay, & je ne vous ai point vû à sa suite.* Je lui répondis fort ingénument que mon cheval s'étoit déferré, & que je m'étois amusé à le faire referrer, qu'après je m'en étois venu au galop, & que j'avois vû Sa Majefté auprès d'Artenai qui voloit la pie dans des vignes ; comme il vit que je lui difois la vérité ingénument, il fourit, & pour m'ôter l'inquiétude que cela me donnoit, dont il s'apperçut bien, il me dit, *ce n'eft rien, la Porte, ce n'eft rien.*

Toutefois cela me donna fort à penfer, & je crus avec raifon qu'on m'avoit rendu quelque mauvais office : j'en avertis la Reine, qui commanda à Mr. de Guitaut qui étoit dans fa confidence de s'informer, ce que ce pouvoit être, & il apprit que fes Demoifelles avoient dit au Roi ce prétendu voyage de Tours, & que j'en devois être jetté par les fenêtres ; mais cet artifice ne leur réüffit pas mieux que les autres.

Cependant le P. Gondran & M. de Chavigny firent fi bien par leurs négociations avec Monfieur, à qui

ils promirent l'approbation du Roi
pour son mariage, qu'ils l'engagerent de venir trouver le Roi à Orléans, où je vis leur entrevûë qui se
passa ainsi : Quand Monsieur arriva
le Roi étoit chez la Reine ; à leur
abord ils ne parlerent de rien tou-
chant leur accommodement ; le Roi
dit à Monsieur qu'il avoit ouï dire
qu'il avoit mal à un œil, & me
commanda d'apporter un flambeau
pour voir ce que c'étoit, le mal ne
se trouva pas grand, & en même
temps ils s'approcherent du cercle
où S. A. R. salua la Reine, le Roi
me commanda ensuite de lui donner un siége, ce qu'il n'avoit jamais
eu en sa présence & ne s'étoit jamais
couvert devant lui, si non en carosse, à table ou à cheval, qui sont
des libertés que tout le monde a,
& que cependant Monsieur ne donnoit pas à ceux qui alloient dans
son carosse, ce que le Roi désap-

prouvoit fort, & s'en moquoit, lui-même en usant d'une autre maniere.

Après tant de soupçons, le Roi eut enfin quelques avis plus certains qui causerent ma disgrace & ma prison. Je ne les dirai point ici, n'en sçachant rien alors, & depuis même on eut bien de la peine à me les apprendre. Notre correspondance dura jusqu'au mois d'Août 1637. le 10. de ce mois le Roi qui étoit à Saint Germain manda à la Reine qui étoit à Paris depuis quelques jours qu'elle se préparât pour aller à Chantilli le 12. qu'il alloit coucher à Ecouan, & qu'il s'y rendroit le même jour. La Reine ne manqua pas de partir comme il lui avoit été ordonné, & me commanda de demeurer pour quelques jours pour attendre ses lettres qui devoient arriver, & pour faire quelques autres commissions.

Je lui avois dit dès le soir précédent que Monsieur Thibaudiere des Ageaux, Gentilhomme de Poitou, qui étoit dans la confidence de Mr. de Chavigny, m'avoit prié de lui demander, si elle vouloit écrire à Madame de Chevreuse à Tours, qu'il y passoit, & qu'il seroit bien aise de lui dire des nouvelles de S. M. elle lui écrivit seulement un mot qui portoit en substance qu'étant sur son départ elle avoit tant d'affaires qu'elle n'avoit pas le loisir de lui faire une longue lettre, qu'elle se portoit bien, qu'elle alloit à Chantilly, & que le porteur diroit plus de nouvelles, qu'elle ne lui en pourroit écrire : je mis cette lettre dans ma poche, & le lendemain la Reine partit après dîner.

Aussi-tôt qu'elle fut partie je descendis dans la chambre de Madame de la Flotte, où Madame d'Hautefort étoit demeurée pour solliciter

avec elle un procès qui lui étoit de
grande importance; j'y trouvai Thibaudiere, & incontinent ces Dames
voulant aller faire leurs follicita-
tions, nous les conduifimes à leur
caroffe; enfuite étant demeurés feuls
dans la cour du Louvre, je lui voulus donner la lettre qu'il m'avoit
fait demander à la Reine; mais il
me pria de la lui garder jufqu'au
lendemain, difant qu'il avoit peur
de la perdre, ce qui me fit croire
depuis qu'il fçavoit par le moyen
de Mr. de Chavigny que je devois être arrêté prifonnier le même
jour, & que l'affaire avoit été con-
certée pour qu'on me trouvât chargé de cette lettre, penfant qu'il y auroit quelque chofe de grande conféquence, ou de particulier, ou que
l'on vouloit embarquer Madame de
Chevreufe dans cette affaire pour
faire croire au Public que c'étoit
une grande cabale contre l'Etat; car
c'étoit

c'étoit la coûtume de S. E. de faire
paſſer des choſes de rien pour de
grandes conſpirations.

Nous ſortîmes, Thibaudiere &
moi, par le derriere du Louvre, &
nous allâmes enſemble juſques dans
la rüe S. Honoré. Je le quittai pour
aller voir, de la part de la Reine, M.
de Guitaut, Capitaine aux Gardes,
qui étoit malade de la goutte, &
d'une bleſſure qu'il avoit eûë à la
cuiſſe, où la balle étoit demeurée :
je reſtai chez lui juſqu'à ſix heures
du ſoir, & en m'en allant, je trouvai un carroſſe à deux chevaux, dont
le cocher étoit habillé de gris, arrêté au tournant de la rüe des vieux
Auguſtins & de la rüe Coquilliere ;
& comme je paſſois entre le coin &
le carroſſe, un homme, que je ne pus
voir parce qu'il me prit par derriere,
me mettant les mains ſur les yeux,
me pouſſa vers le carroſſe, & en même temps je me ſentis enlevé par plu-

F

fieurs mains , qui après abbattirent
les portiéres ; enforte que je ne pus
voir qui m'arrêtoit. Nous allâmes
en grande diligence à la Baftille, où
notre carroffe ne fut pas plûtôt arrivé, qu'on referma les portes de la
baffe-cour : on leva les portieres , &
en même temps j'apperçus la Baftille ; car jufques-là je n'avois point
fçû où l'on me menoit. Je connus
que celui qui m'avoit arrêté étoit
Goular, Lieutenant des Moufque-
taires du Roi , avec cinq Moufque-
taires dans le carroffe, & quinze ou
feize autres à cheval qui le fuivi-
rent.

A la defcente du carroffe on me
foüilla , & l'on me trouva cette lettre
de la Reine, que Thibaudiere n'a-
voit pas voulu recevoir : on me demanda de qui elle étoit ; je dis à
Goular qu'il connoiffoit bien le cachet des armes de la Reine , & que
c'étoit pour Madame de Chevreufe.

J'ai déja dit que la Reine ne faifoit point de fineſſe d'écrire à Madame de Chevreuſe , & même elle lui écrivoit ſouvent par l'Archevêque de Bourdeaux, qui paſſoit ordinairement par Tours pour aller en ſon Diocèſe ; ce qui faiſoit bien voir que ce n'étoit pas un ſecret. Après avoir été foüillé, l'on me fit paſſer le pont, & entrer dans le corps-de-garde entre deux hayes de Mouſquetaires de la garniſon, qui avoient la mêche allumée , & ſe tenoient ſous les armes comme ſi j'eus été un criminel de léze-Majeſté.

Je fus bien une demie heure dans ce corps-de-garde , pendant qu'on me préparoit un cachot , qui fut à la fin celui d'un nommé du Bois, qui en avoit été tiré depuis peu pour aller au ſupplice , parce qu'il avoit trompé le Roi , & S. E. à qui il avoit promis de faire de l'or : on me vint dire qu'il falloit marcher ,

& j'entrai dans cette tour même du corps-de-garde, où l'on avoit coûtume de mettre ceux que l'on devoit bien-tôt faire mourir. Etant arrivé dans mon cachot, on me deshabilla pour foüiller une seconde fois : après avoir été foüillé, je repris mes habits, on m'apporta un lit de sangle pour moi, & une paillasse pour un soldat qu'on enferma avec moi, avec une terrine pour mes nécessités naturelles, & l'on ferma sur nous trois portes, une en-dedans de la chambre, la seconde au milieu du mur, & la troisiéme en-dehors sur le degré. Chacune de ces portes se fermoit à clef, la fenêtre se fermoit de la même façon avec trois grilles ; mais elles n'avoient que trois doigts d'ouverture en-dehors, & bien quatre pieds en-dedans.

Une heure après être entré en ce lieu, on m'apporta à souper dont le soldat mangea plus que moi. Cependant M. le Cardinal qui vouloit faire bien du bruit de peu de chose, & faire croire à tout le monde que cette affaire étoit une grande conspiration contre l'Etat & contre le Roi envoya, aussi-tôt que je fus arrêté, de la cavalerie vers Orléans, & fit courir le bruit que c'étoit pour arrêter Madame de Chevreuse, afin qu'elle s'enfuit & qu'on la crut criminelle; & de peur qu'elle ne pût sortir de Tours faute d'argent, il lui envoya dix mille écus par Monsieur Arnoul, Commis de Mr. des Noyers qu'elle ne connoissoit point, & qui ne se fit point connoître à elle, lui disant seulement que c'étoit de la part d'un de ses amis qui lui donnoit avis de se sauver. La Reine qui sçavoit la finesse de Mr. le Cardinal fit ce qu'elle pût pour empêcher Madame de Chevreuse de donner dans ce panneau ; & pour cet effet, elle lui envoya Mr. de Montalais parent de Madame d'Hautefort pour l'informer de ce qui se passoit, lequel la trouva dans la résolution d'aller en Espagne pour sa sûreté : il fit ce qu'il put pour l'en dissuader, sentant bien que cela feroit tort à la Reine, & que Mr. le Cardinal ne desiroit que cela pour les faire paroître criminelles aux yeux du Public ; il suspendit un peu sa résolution par la promesse qu'il lui fit de l'avertir de toutes choses, dont elle ne voulut d'autres marques, si non, que s'il apprenoit qu'on la voulut arrêter, il lui envoyeroit une paire d'heures rouge, & de bleuës si les affaires alloient bien. Il lui en envoya de bleuës, parce que moi ne disant rien, & tenant ferme comme je fis, il y avoit apparence que les choses s'accommoderoient ; mais elle prit le bleu pour le rouge, aumoins est-ce

fur cette méprife de couleur qu'elle
s'excufa de ce voyage entrepris fi
mal à propos : elle s'en alla à cheval déguifée en homme avec un de
fes Domeftiques , nommé hilaire ,
& l'on envoya le Préfident Viguer
après elle pour informer de fa retraite en Efpagne.

Pour revenir à mon cachot , auffi-
tôt que le foldat eut foupé , il ac-
commoda mon lit qui ne valoit pas
mieux que fa paillaffe , & nous nous
couchâmes ; comme je commençois
à m'affoupir plus d'abattement que
de fommeil, j'entendis tirer un coup
de moufquet dans la maifon , ce qui
étonna plus mon foldat que moi ;
car je ne fçavois fi c'étoit la coûtume , ou non ; mais après nous entendîmes crier aux armes , & un
grand bruit dans notre efcalier ; le
foldat qui ne pouvoit fortir non-
plus que moi , fe tourmentoit extraordinairement , & faifoit autant

de bruit feul dans ma chambre, que la garnifon en faifoit dehors; enfin après avoir bien penfé & écouté, nous entendîmes ouvrir nos portes, & celles des étages au-deffus, & au-deffous de nous.

Au-deffus on mit le Baron de Tenance, Gentilhomme Champenois, lequel avoit quitté le Service du Roi de Suede pour venir fervir le Roi au Siége de Corbie, & avoit été mis en prifon pour avoir parlé du gouvernement avec un peu trop de liberté. Au-deffous l'on mit Mr. de Lénoncourt de Serre, Capitaine des Gardes du Corps du Duc de Lorraine, qui avoit été retenu prifonnier à la capitulation de St. Michel; & l'on mit avec moi, Mr. de Herce, parent de M. le Chancelier, jeune-homme que fa mere retenoit en prifon pour le meurrir; on le mit dans ma chambre fans lit & fans lumiere, & l'on referma nos portes.

Il me parla d'abord auffi familierement que fi nous nous étions connus de longue main , & fans nous
connoître , ni nous voir , il nous
conta d'abord fon hiftoire, qui étoit
qu'ayant fait partie de fe fauver avec
Meffieurs de Tenence & de Lénoncourt , ils avoient pris l'occafion
d'une nuit , non pas tout-à-fait obf-
cure ; car il faifoit clair de lune ,
mais il faifoit affez de nuages pour
la cacher ; alors par le moyen de
gens qui les attendoient avec des
chevaux , ils avoient attachés avec
des tire-fonds , une groffe corde de
la porte St. Antoine , au haut de la
tour voifine où il y avoit un cabinet,
ils devoient paffer trois anneaux à
cette corde & y joindre chacun une
moindre corde avec un bâton en
maniere d'efcarpolette , & après
s'être ceints avec des écharpes , chacun à leur corde , ils prétendoient
fe laiffer ainfi couler le long de la

F 5

groſſe corde : à quoi l'on pouvoit objecter , le danger qu'il y avoit qu'en deſcendant avec rapidité , ils ne s'allaſſent heurter contre les brancars de la porte St. Antoine ; mais on répondit à cette difficulté qu'on pouvoit tendre la groſſe corde tant ſoit peu lâche , & que cela contribuant avec la peſanteur du corps à faire faire un angle à la corde , le mouvement auroit été aſſez retardé, pour empêcher qu'il ne ſe fuſſent bleſſés. Toutes choſes étoient prêtes, & ils alloient s'embarquer lorſque la lune paroiſſant trop , découvrit la corde au ſoldat qui étoit dans le corridor du dehors du foſſé , lequel tira ce coup de mouſquet , qui mit l'allarme & rompit leur deſſein. Les Officiers prirent les armes , les ſurprirent tous trois dans ce cabinet, & les enfermerent dans ces trois chambres , comme je viens de le dire.

Mr. de Herce après m'avoir raconté tout cela se mit à pester contre le gouvernement, sans se soucier du soldat qui étoit avec nous. Je ne sçavois pas encore qui étoit cet homme, & me défiant de toutes choses, je lui dis que je ne croyois pas que tout cela servît à nous faire sortir de la Bastille, qu'il falloit prendre patience & se taire ; il se tut, & s'endormit sur une chaise de paille, la tête sur le pied de mon lit.

Nous pasâmes ainsi la nuit, moitié assoupissement, & moitié inquiétude. Comme tous les matins à sept heures, on apporte à tous les prisonniers du pain & du vin, Mr. de Herce me persuada de déjeuner, & à midi on nous apporta à dîner.

Après dîner le Sergent me vint dire qu'il falloit descendre, je lui demandai pourquoi, mais il ne me le voulut pas dire : je descendis au-bas

F 6

du degré, j'y trouvai six soldats qui m'environnerent afin que je ne parlasse à personne. On me fit traverser la cour, où il y avoit quantité de prisonniers qui se mirent en haye pour me voir passer, les uns haussant des épaules, comme voulant dire que je serois bien-tôt éxécuté, car c'étoit le bruit commun de la Bastille & de toute la ville. Entre ces prisonniers je reconnus le Commandeur de Jars qui avoit été arrêté à l'affaire de Mr. de Châteauneuf, lequel avoit toûjours été serviteur de la Reine, & nonobstant toutes les persécutions du Cardinal avoit toûjours conservé beaucoup de passion pour son service. Il me faisoit signe autant qu'il pouvoit d'avoir bon bec, en mettant le doigt sur la bouche, & se promenant à grands pas pour n'être pas apperçu : il fit si bien que je l'entendis. On me fit monter dans la chambre de

M. du Tremblai, Gouverneur de la
Maiſon, où je trouvai M. de la Potterie, Maître des Requêtes, lequel
m'ayant fait lever la main, & jurer
de dire la vérité, tira d'un ſac de
velours la lettre que je devois donner à Thibaudiere; & après me
l'avoir lûe, il me la donna à lire;
comme c'étoit une lettre de conſéquence, je penſai lui dire que je devois la rendre à Thibaudiere qui
l'avoit demandée pour la rendre à
Madame de Chevreuſe; mais je crus
que cela pourroit nuire à Thibaudiere, & peut être ruïner ſa fortune, ne m'imaginant pas qu'il eut été
aſſez lâche pour l'aller dire, croyant
que je le dirois, ni aſſez méchant
pour m'avoir laiſſé la lettre afin
qu'on me la trouvât; car il pouvoit
ſçavoir que je devois être arrêté,
M. de Chavigni étant de ſes amis;
ainſi je dis à M. de la Potterie que
j'eus envoyé cette lettre par la poſte,

comme j'en avois envoyé bien d'autres , & que la Reine ne m'avoit point nommé de perſonnes particulieres à qui la donner ; il me dit : *La Reine marque au porteur de ſa lettre , qu'il doit plus dire de nouvelles qu'elle n'en écrit , & ainſi c'eſt une lettre de créance , & celui qui la devoit porter avoit aſſurément bien des choſes à dire , il faut de néceſſité que vous la duſſiez donner à quelqu'un ou que vous la duſſiez porter vous-même.* Je répondis toûjours que la Reine ne m'avoit nommé perſonne , ni commandé de la porter , & qu'aſſurément ſi ſon intention avoit été que je la donnaſſe à quelqu'un , elle l'avoit oublié , parce qu'il y avoit beaucoup de monde autour d'elle qui lui parloit de différentes choſes , comme c'eſt l'ordinaire quand on eſt ſur ſon départ. Nous en demeurâmes-là , & après il me tira de ſon ſac quantité de lettres que j'avois

reçuës de Madame de Chevreufe ,
dans lefquelles il n'y avoit rien de
conféquence , mais il ne laiffa pas
de les lire toutes, & de me faire ex-
pliquer des endroits, & des noms
particuliers qui étoient en chiffre,
que je lui expliquai à ma fantaifie,
à caufe que je ne voulois pas qu'il
connut plufieurs de ceux qui y
étoient nommé ; tout cela ne me
donna pas beaucoup de peine ; mais
j'en eus une très-grande quand je
confiderai que pour avoir ces lettres, il falloit qu'on eut été dans
ma chambre, où j'avois un coffre
& une armoire, & de plus un trou
dans un coin de fenêtre, où je mettois les bras jufques au coude, & où
j'avois tous mes papiers de conféquence , les clefs des chiffres & les
cachets. Ce trou fe bouchoit avec
un morceau de plâtre qui en étoit
forti , fi juftement qu'on avoit peine
à s'appercevoir qu'il eut été rompu.

J'étois assuré que personne ne
connoissoit cet endroit ; car je ne
l'ouvrois jamais que je n'eusse fait
sortir mon laquais, dont bien me
prit, car aussi-tôt que je fus arrêté
le nommé *Bois pille*, Intendant de
Mr. de Chevreuse fit prendre mon
laquais, & le mena à M. le Chancelier qui fit ce qu'il put, pour lui
faire dire où je mettois mes papiers,
si j'écrivois souvent, & où il portoit
mes lettres. Cela fit si grande peur
à ce pauvre garçon qu'ils ne purent
jamais le rassurer, & il ne fit que
pleurer ne sçachant rien de ce qu'on
lui demandoit. Ainsi, M. le Chancelier ne put avoir que les lettres
dont j'ai parlé, & plusieurs papiers
inutiles qu'il trouva dans mon coffre
& dans mon armoire, dont il fit un
inventaire.

Mr. de la Potterie continua de
m'interroger, & me demanda si je
n'allois pas souvent au Val-de-Gra-

ce , ce qui me confola un peu ; car
par-là , je connus qu'il cherchoit ,
& qu'il n'avoit point de certitude ,
parce que je n'allois que rarement
au Val-de-Grace , où bien fouvent
la Reine écrivoit ; elle me donnoit
enfuite ce qu'elle y avoit écrit afin
que je le miffe en chiffre. Ils avoient
eu quelques avis confus , ou du-
moins des foupçons ; car après lui
avoir dit que je n'y allois jamais
que quand mes dévotions m'y me-
noient , il me demanda combien il
y avoit que je n'y avois été ; je lui
dis que je n'y avois pas été depuis
Pâques , de quoi il parut étonné ,
& me preffa fort là - deffus ; mais
comme il me trouva toûjours ferme
& égal , il fe rebâtit à me demander s'il n'y avoit pas une petite malle couverte de toile cirée verte au
Val-de-Grace , & fi je ne l'y avois
point vuë. A cet article je dis bra-
vement la vérité , car de ma vie je

n'avois vû cette malle, ni n'en avois ouï parler. Ce qui me fit croire que c'étoit un avis de quelqu'une des efpionnes, & que la Reine étoit trahie.

Après avoir bien dit & redit tout ce qui fe pût dire en deux heures de temps fur ce fujet, & qui étoit écrit par un Greffier rouffeau, on me propofa de figner, ce dont je fis difficulté. Il faut cependant que je rende ici témoignage à la vérité, Mr. de la Potterie n'ufa jamais de furprife en toutes les interrogations qu'il me fit, & même il m'avertif-foit quand il me voyoit un peu em-barraffé de prendre garde à ce que je dirois, & que je ne me preffaffe point ; & quand il fallut figner, il voulut que je luffe, & que je priffe bien garde s'il y avoit quelque cho-fe qui ne fut pas véritable : je fignai donc, il s'en alla, & l'on me re-mena dans mon cachot.

Il n'y avoit pas un prisonnier qui n'eut bien voulu sçavoir ce qu'on m'avoit demandé, & ce que j'avois répondu, & il n'y en avoit pas un à qui je ne fis pitié ; car on tenoit pour certain que dans peu je serois expédié. J'eus tout le lendemain pour me reposer ; mais le 15. Août jour de Notre - Dame, Mr. de la Potterie revint, on me remena dans la chambre du Gouverneur, comme la premiere fois, & je vis encore en allant M. le Commandeur de Jars, qui me regarda d'un œil parlant, & j'entendis bien son langage. Mr. de la Potterie après la cérémonie ordinaire du serment me fit repasser sur toutes les choses que nous avions dites dans l'interrogatoire précédent ; mais d'une maniere différente. Heureusement j'eus de la mémoire, moi, qui n'en avois jamais eu ; car je me souvins de tout ce que je lui avois répondu. Après

cela, il commença à faire mine de
tirer de son sac quelques papiers de
conféquence, & en même temps il
me regardoit fort fixement. J'avouë
que d'abord j'eus peur que ce ne
fuffent les papiers du trou, & je ne
fçais s'il s'apperçut de ma peur ;
mais je la fentois bien, & j'étois
fort en colere contre moi de ma foi-
bleffe ; enfin ce ne fut rien que des
vers à la louange de S. E. qui s'é-
toient trouvés dans mon coffre,
avec ceux que Barault avoit fait
pour la Reine, fur le déluge de
Narbonne ; il les remit auffi-tôt faifant femblant d'en chercher d'autres, afin de voir ma contenance
qui fut toûjours la même, quoique
le dedans fut fort ému, toutes les
fois que je voyois fortir un papier
du fac, craignant toûjours que ce
ne fuffent ceux du trou, où il y
avoit un magafin de toutes les piéces du temps contre S. E. & même

la Milliade de l'Abbé d'Eftelan, pour laquelle il y avoit alors quatre ou cinq prifonniers à la Baftille. Heureufement toutes les figures de Mr. de la Potterie ne furent rien, que des tentatives ; je fignai, & l'on me ramena. M. de la Potterie m'ôta mon foldat parce qu'il avoit le flux de fang, & que nous n'avions qu'une terrine, mais celui que l'on mit à fa place ayant couché fur fa paillaffe prit le même mal, & ce fut un grand bonheur que je ne le pris point ; en récompenfe j'en avois un pire à l'efprit, & Dieu qui ne nous impofe jamais plus de peines que nous n'en pouvons porter, me préferva des infirmités du corps.

M. de la Potterie ne revint point le lendemain, car fes vifites étoient alternatives comme la fiévre tierce, ce qu'il ne faifoit pas pour me donner du repos, mais pour avertir la Cour de mes réponfes, & pour en recevoir les ordres.

Le jour d'après il revint, & continuant son interrogatoire il me parla fort du Val-de-Grace, me demanda si je ne sçavois point qu'il y allât personne voir la Reine, & si Madame de Chevreuse n'y étoit point venuë ; mais après mes réponses, il crut que je n'avois aucun commerce avec les Religieuses du Val-de-Grace, ce qui l'obligea de me parler d'autres choses qui me donnerent bien à penser.

Il me demanda si je ne sçavois point que la Reine écrivit en Flandre & en Angleterre : après lui avoir dit que non, il me dit que cela étoit vrai, & que c'étoit moi qui la servois en ce commerce de lettres ; je m'écriai fort contre cette imputation : il me demanda qui la servoit donc en ces correspondances, ce qui me fit croire qu'il n'étoit pas bien assuré que ce fut moi. Nous discourumes long-temps sur ce sujet, puis il s'en alla, après m'avoir conté bonnement qu'il n'y avoit rien de plus certain que la Reine écrivoit, & avoit commerce, en Angleterre & en Flandre, & par conséquent en Espagne, que c'étoit les ennemis du Roi & de l'Etat, & que je serois bien malheureux si la Reine se servoit de moi en ces sortes d'affaires : il m'ajoûta que la Reine l'avoit avoué après qu'on lui eut montré une lettre qu'on avoit intercepté, laquelle elle écrivoit au Marquis de Mirabel, pour lors Ambassadeur d'Espagne en Flandre, où il y avoit des termes qui avoient fort fâché le Roi.

Il disoit vrai, & j'ai sçu depuis que M. le Chancelier ayant montré cette lettre à la Reine, Sa Majesté la voulut retenir, & la cacha dans son sein, d'où M. le Chancelier l'ayant voulu reprendre, elle la rendit. Il l'interrogea là-dessus, & sur beaucoup de chofes, elle avoua d'avoir écrit cette lettre, & que c'étoit par mon miniftére qu'elle avoit été envoyée, ce qui fit croire que cette lettre n'étoit pas la feule, & que la Reine en avoit écrit bien d'autres en d'autres lieux ; mais on n'avoit que celle - là. C'eft pourquoi l'on voulut tirer de moi la connoiffance du refte, mais inutilement.

La Reine fut tellement touchée du traitement qu'elle avoit effuyé, qu'elle fut deux jours fans boire ni manger, à ce que j'ai appris, & même fut faignée deux fois, à caufe d'un étouffement que lui avoit caufé cette affliction : le Roi ne la voyoit point, ni M. le Cardinal, ni même aucune perfonne de la Cour, hormis fon domeftique, dont la plus grande partie la trahiffoit. Mr. de Guitaut la vit, & n'en fit pas mieux fa cour.

On

On remarqua que quantité de Courtisans, paſſant dans la cour du Château de Chantilly, baiſſoient la vûe pour qu'on ne crut pas qu'ils regardoient les fenêtres de ſa chambre, ſi bien qu'elle fut abandonnée de tout le monde, hormis de Madame d'Hautefort à qui ſon malheur ne ſervit qu'à redoubler le zéle qu'elle avoit pour elle.

Pendant que la Reine étoit ainſi tourmentée à Chantilly, M. le Cardinal voyant que M. de la Potterie n'avoit pû rien tirer de moi, qui pût nuire à la Reine, vint lui-même à Paris, & dès le lendemain à huit heures du ſoir, il envoya un carroſſe, avec un Lieutenant de la Prévôté, & quatre Archers pour me conduire à ſon Hôtel. Je m'allois coucher lorſque j'entendis un grand bruit & ouvrir mes portes, ce qui m'étonna extrêmement, & me donna de l'appréhenſion ; car j'avois oüi dire

G

à plusieurs personnes , & même à mon soldat, qu'on avoit fait mourir des prisonniers la nuit , de crainte que le peuple ne s'émut ; je crus que j'allois être traité de la sorte , ce qui me fit demander à la Briere, Sergent de la Bastille qui me vint querir , où l'on me vouloit mener: il me répondit assez brusquement qu'on vouloit me faire sortir de la Bastille. Je ne sçavois comment entendre cette sortie ; mais lorsque je fut descendu dans la basse-cour , & que je vis un carrosse & des archers, je crus aller au supplice. Je demandai au Lieutenant que je connoissois, nommé Picot, où il me menoit; il me répondit fort tristement qu'il n'en sçavoit rien. Je crus d'abord en partant n'aller qu'au coin de St. Paul , où ordinairement , on éxécutoit ceux qu'on tiroit de la Bastille: quand nous eûmes passé cet endroit, j'eus peur du Cimetiere Saint Jean, enfuite de la Greve, & enfin de la Croix du Tiroir.

Mais après que tout cela fut paſſé je commençai à reſpirer plus à mon aiſe, & je demandai encore une fois au Lieutenant où nous allions, ce qu'il ne me voulut pas dire : nous allâmes arrêter à la Porte de Mr. le Chancelier. Picot ſortit du carroſſe & entra dans la maiſon, d'où il revint auſſi-tôt, & dit à notre cocher de ſuivre le carroſſe qui alloit ſortir, qui étoit celui de M. le Chancelier. Il nous mena dans la cour des cuiſines du Palais Cardinal, où l'on me fit deſcendre, & mes Gardes après m'avoir conduit dans le jardin, me mirent entre les mains de M. de la Houdiniere, Capitaine des Gardes de S. E. lequel me conduiſit au long de la gallerie juſqu'à la porte de la chambre de M. le Cardinal, où il étoit ſeul avec M. le Chancelier que nous avions ſuivi & M. des Noyers.

D'abord Mr. le Cardinal me dit qu'il m'avoit envoyé querir pour me faire dire une chose qu'il sçavoit déja bien, parceque la Reine l'avoit dit au Roi & à lui, mais qu'il étoit néceffaire que je le lui confirmaffe. Je lui répondis que je lui dirois tout ce que je sçavois : à quoi il me répondit en souriant, qu'il l'avoit bien cru, & que cela étant il me donnoit sa parole que je ne retournerois pas à la Baftille. Mr. le Chancelier me fit lever la main & faire le serment ordinaire. Enfuite Mr. le Cardinal m'interrogea sur toutes les choses que M. de la Potterie m'avoit déja rebattuës plusieurs fois ; & comme il vit que je faisois les mêmes réponfes & que sa préfence ne me faisoit point changer, il me fit connoître que si je voulois dire ce qu'il souhaitoit, il mettroit ma fortune en état de donner de la jaloufie à mes pareils : qu'il sçavoit bien que la Rei-

ne avoit correspondance en Flandres
& en Espagne, qu'elle y écrivoit
souvent & que c'étoit moi qui la
servois en toutes ces intelligences ;
que je n'avois qu'à en demeurer
d'accord , & que ma fortune étoit
faite, que je ne devois rien craindre
puisque la Reine l'avoit avoué elle-
même , & qu'elle avoit dit que c'é-
toit de moi qu'elle se servoit. Je lui
répondis, que je ne sçavois pas si
la Reine écrivoit en Espagne & en
Flandres ; mais que si elle y écrivoit,
elle se servoit d'un autre que de
moi , & que je ne m'étois jamais
mêlé que de faire ma charge : sur
quoi il me demanda si j'avois connoissance qu'elle se servit de quelqu'autre , ce qui me fit croire qu'il
n'étoit si sur de son fait qu'il le disoit ; cela me fortifia, & je lui sou-
tins toujours que je ne sçavois rien
de toutes ces choses , & que je ne
m'étois jamais apperçu que la Reine

eut des correspondances en Espagne,
ni ailleurs. Après cela il se mit un
peu en colere, & me dit, que puisque je ne voulois pas avoüer une
vérité qu'il sçavoit bien, je pouvois
bien croire qu'il avoit le pouvoir de
me faire faire mon procès, & que
cela alloit bien vîte, quand il s'agissoit de l'intérêt de l'Etat, & du service du Roi ; que je me piquois mal
à propos de générosité & de servir
fidellement ma maîtresse, qui ne faisoit rien pour moi. *A propos*, ajoû-
ta-t'il, *on n'a trouvé que cinq cent li-*
vres dans votre cabinet, est-ce là votre
bien ? Je lui dis que c'en étoit une
grande partie ; à quoi il repliqua,
en regardant Mr. le Chancelier :
Voilà bien de quoi être si opiniâtre à
nier une chose que la Reine à avoué.
D'où je pris occasion de lui dire que
c'étoit une marque certaine que je
ne la servois pas dans les choses que
Son Excellence croyoit, & que si

cela étoit la Reine m'auroit fait plus
de bien qu'elle ne m'en avoit fait,
mais que quoi qu'elle ne m'en fît
point je ne laissois pas d'être obligé
de la servir fidellement dans ma charge. Il me dit que cela étoit vrai;
mais que je devois fidélité au Roi
avant la Reine, parce qu'étant né
François je devois obéïr au Roi qui
me commandoit de dire la vérité
qu'il me faisoit demander par ses
Ministres & ses Officiers, en une
chose qui regardoit son service, & le
bien de l'Etat; que j'y étois obligé
en conscience, & que si je ne le faisois pas, je ne m'en trouverois pas
bien. Je lui dis, que je ne croyois pas
êtreobligé en conscience d'accuser la
Reine d'écrire en Espagne, n'en sçachant rien, & n'en ayant jamais eu
de connoissance. *Mais, me dit-il en
colere, elle l'avouë, & dit que c'est
par vous qu'elle entretient ces correspondances, non seulement avec le Roi*

d'*Espagne* & le *Cardinal Infant*,
mais avec le *Duc de Lorraine*, l'*Archiduchesse* & *Madame de Chevreuse*,
Si la Reine dit cela, lui répondis-je,
il faut qu'elle veuille sauver ceux qui
la servent en ces intelligences, en disant
que c'est moi. Il me demanda si je
sçavois qu'elle se servît de quelqu'un,
& après lui avoir dit que non, il
me demanda pour qui étoit cette
lettre de la Reine que l'on m'avoit
trouvée, à quoi je répondis la même chose qu'à Mr. de la Potterie,
Vous êtes un menteur, me dit-il : vous
la vouliez donner à *Thibaudiere* : vous
voulûtes la lui donner dans la cour du
Louvre : il vous pria de la lui garder
jusqu'au lendemain de peur de la perdre : & après cela vous voulez que je
vous croye ; puisqu'en une chose de nulle
conséquence vous ne dites pas la vérité,
je ne vous dois pas croire en d'autres :
Eh bien, que dites-vous à cela! Je fus
fort surpris & ce coup m'assomma,

car il étoit vrai, & Thibaudiere
ayant eu peur que je ne l'accusasse,
s'étoit accusé lui-même pour avoir
meilleur marché de la peine qu'il
croyoit encourir ; car je ne veux pas
croire que l'amitié que M. de Chavigni avoit pour lui, l'eût pû obliger à demander cette lettre à la Reine, afin que se confiant à lui, elle
eût pû mander des choses de conséquence, sçachant que je devois être
arrêté, & que pour cela il m'eût
laissé la lettre à garder, ce qui seroit
une perfidie détestable. Mr. le Cardinal n'ajoûtant point de foi à ce
que je lui pus dire là-dessus : j'avouai
enfin la chose, parce que je ne pouvois plus la lui cacher, sur quoi il
me gronda fort, & me demanda
pourquoi j'avois fait finesse de cela.
Je lui dis ingénument que j'avois eu
peur de ruïner la fortune de ce Gentilhomme pour une chose de rien :
à quoi il me repliqua que j'étois

bien confidérant. Il s'arrêta enfuite, & fongea affez long-temps fans rien dire ; & après il me dit : je ne fçaurois plus vous croire : il faut que vous écriviez à la Reine, & que vous lui mandiez qu'elle ne fçait ce qu'elle veut dire, quand elle dit qu'elle a des correfpondances avec les étrangers & les ennemis de l'Etat, & que c'eft de vous qu'elle fe fert pour fes intrigues. Je lui dis que je n'ofois pas écrire à la Reine & à ma maîtreffe de la maniere dont il me l'ordonnoit, & que ce feroit trop de liberté à moi : à quoi il repliqua en raillant : *Eh ! bien, nous le verrons auffi refpectueux que fidéle. Vous aurez du temps pour y penfer, il faut cependant retourner à la Baftille.* Je le fis fouvenir qu'il m'avoit promis que fi je diffois la vérité, je n'y retournerois pas : *il eft vrai*, me dit-il, *mais vous ne l'avez pas dite, & vous y retournerez.* Mr. le Chancelier pre-

noit quelquefois la parole & Mr.
des Noyers écrivoit mes réponfes. Il
s'avifa auffi de me demander fi Madame de la Flotte ne fçavoit rien de
toutes ces intrigues : je lui répondis
que comme je ne fçavois rien, je ne
fçavois pas fi les autres fçavoient
quelque chofe. Mr. le Cardinal lui
dit, *il n'y a plus rien à efperer par la
voye de douceur après l'affaire de Thibaudiere.* M. des Noyers me voulut
faire figner mes dépofitions, ce que
je ne voulus point faire avant de les
lire ; & comme il faifoit difficulté
de me les laiffer lire, M. le Cardinal
lui dit que j'avois raifon. De forte
qu'après les avoir lûës ; je les fignai,
& l'on me renvoya comme j'étois
venu.

Mon interrogatoire, & mon voyage durerent cinq heures ; j'étois parti
à huit heures, & il étoit plus d'une
heure quand je fus de retour à la
Baftille, où je trouvai que Mr. de

Herce s'étoit couché dans mon lit
croyant que je ne reviendrois point.

Le lendemain il vint à la Bastille
un Exempt des Gardes du Corps du
Roi, me faire commandement de la
part de S. M. d'écrire à la Reine,
sur ce que Mr. le Cardinal m'avoit
dit : on me mena dans la chambre
du Gouverneur, on me donna du
papier & de l'encre, & j'écrivis à la
Reine à-peu-près en ces termes.

MADAME,

Mr. le Cardinal me dit hier que
Sa Majesté avoit dit au Roi, qu'elle
avoit des intelligences avec le Roi
d'Espagne, le Cardinal Infant, l'Archiduchesse, le Duc de Lorraine
& Madame de Chevreuse, & que
c'étoit par moi que V. M. entretenoit ses correspondances. J'ai tant
de confiance en la bonté de V. M.
& en sa justice, que je ne sçaurois

croire qu'elle me voulut accuſer d'une choſe dont elle ſçait bien que je ſuis innocent : toutefois s'il y va du ſervice de V. M. de dire toutes ces choſes, quoique je n'en ſçache rien, je les dirai, pourvu que V. M. me faſſe ſçavoir ce qu'il lui plaît que je diſe ; mais ſi cela n'eſt point, je la ſupplie très-humblement de détromper le Roi, & S. E. de l'opinion qu'ils ont que j'ai ſervi V. M. en toutes les choſes qu'ils diſent.

Je donnai ma lettre toute ouverte à l'Exempt. Quelques jours après Monſieur le Chancelier m'envoya querir la nuit de la même maniere que j'avois été chez M. le Cardinal. On me mena chez lui, & étant ſeul avec moi dans ſon cabinet, il m'interrogea tout de nouveau ſur les mêmes choſes, me diſant que je voulois me perdre à plaiſir, qu'on ſçavoit tout, & que ſi je ne diſois la vérité, on alloit travailler à mon procès, qu'il m'avoit envoyé querir pour me le dire lui-même. Je lui répondis toûjours de la même façon. Il m'interrogea encore fur les lettres que la Reine écrivoit au Val-de-Grace, & fur les gens qui l'y alloient voir; mais Dieu me fit toûjours la grace de ne point varier dans mes réponfes, & de ne me point couper.

Après cela il tira une lettre de fa poche qui n'étoit point cachetée, & me dit de la lire, ce que je fis. Il me demanda enfuite fi je connoiffois cette écriture, je lui dis qu'elle étoit de la Reine; comme elle ne m'eft pas demeurée je ne puis la rapporter mot à mot; mais elle portoit à-peu-près ces termes.

» La Porte, j'ai reçu la lettre que » vous m'avez écrite fur laquelle je » n'ai rien à vous dire, fi non que » je veux que vous difiez la vérité » fur toutes les chofes dont vous

›› ferez interrogé : fi vous le faites ,
›› j'aurai foin de vous , & il ne vous
›› fera fait aucun mal , mais fi vous
›› ne la dites point , je vous aban-
›› donnerai.

Signé , A N N E.

M. le Chancelier me dit : *Eh bien!*
Etes-vous content ? Voilà votre fcru-
pule levé , la Reine vous mande de
dire la vérité , vous pouvez dire tout
ce que vous voudrez , cette lettre vous
met à couvert. Sur quoi je m'écriai :
Quoi, Monfeigneur, parce que la Reine
me mande de dire la vérité , vous vou-
lez que je l'accufe des chofes dont je ne
la fçais point coupable ! Je veux bien
que vous fçachiez qu'il n'y a point de
peur de la mort , ni d'envie de faire
ma fortune qui me puiffe faire faire
cette lâcheté. Il me repliqua en fou-
riant , que j'étois bien délicat , que
la Reine avoit bien dit que c'étoit
moi qui la fervois en toutes fes in-

trigues, & que puisqu'elle m'avoit accusé, moi innocent, comme je disois l'être, je pouvois bien aussi dire tout ce que je sçavois d'elle ; à quoi je répondis qu'elle étoit ma maîtresse, & qu'elle pouvoit dire tout ce qu'il lui plaisoit. *Mais à propos*, me dit-il, *vous lui avez mandé que quoique les choses dont on l'accuse ne fussent pas vrayes, si elle vous commandoit de les dire vous les diriez ; elle vous le mande, & vous ne lui tenez pas parole.* Je lui répondis que si la Reine me mandoit positivement les choses qu'elle vouloit que je disse, je les dirois ; mais me laissant libre, & me commandant de dire la vérité, je l'avois dite & que je n'en sçavois point d'autre que celle qui étoit dans mes interrogatoires.

Je lui demandai si la Reine les avoit vûs : je lui dis que s'il les lui faisoit voir, elle connoîtroit bien que j'avois dit la vérité : *Mais*, me dit-il, *vous vous êtes engagé à dire tout ce que la Reine vous commande-roit : ne sçavez-vous pas qu'il y va de la vie d'être dans des intrigues contre le service du Roi & de l'Etat !* Je ne crois point lui répondis-je que la Reine soit dans des intrigues de cette nature ; mais quand il me faudroit mourir, ce seroit le plus grand honneur qui pourroit arriver à un homme de ma sorte que de perdre la vie pour le ser-vice d'une Princesse persécutée. Il fit mine de se fâcher sur ce mot, & il m'ordonna d'écrire encore à la Rei-ne, & que je lui mandasse, que je n'ajoûtois point de foi à ce qu'elle m'avoit écrit : je m'en excusai d'a-bord, mais il me fallut obéir : j'écri-vis donc en cette sorte.

MADAME,

J'ai reçu la lettre qu'il a plû à V. M. de m'écrire par laquelle elle me mande de dire la vérité, sur tou-

tes les choses dont je serai interrogé. Je l'ai fait & s'il plaît à V. M.
de se faire apporter tous mes interrogatoires, elle verra bien que je
l'ai dite. M. le Chancelier continue
toûjours de dire que V. M. a des
intelligences avec les ennemis de
l'Etat, & que c'étoit par moi qu'elle
s'y conduisoit & entretenoit, V. M.
en sçait la vérité, & que je suis innocent de ce dont on m'accuse;
c'est pourquoi je la supplie très-
humblement de détromper l'esprit
du Roi. S'il plaît à V. M. que je dise
toutes les choses qu'on veut que je
sçache, qu'elle me fasse la grace de
me mander mot à mot tout ce qu'elle
voudra que je dise, parce que ne
sçachant rien, je pourrois manquer
au service qu'elle desireroit de moi.

Après ma lettre écrite on me renvoya à la Bastille. Mais pendant que
toutes ces choses se passoient, la Reine étoit dans la plus grande afflic-

tion qu'elle eut jamais euë, & ne
ſçachant que faire, ni à quoi ſe réſoudre, elle eut recours à Madame
d'Hautefort à qui elle écrivit par
l'entremiſe de Mademoiſelle de Chemerault une de ſes filles d'Honneur,
à préſent Madame de la Baziniere,
& ſa lettre lui fut apportée par M. de
Coiſlin, parent de M. le Cardinal,
& gendre de Mr. le Chancelier ; ce
qui eſt admirable, que cette Princeſſe dans ſon beſoin, fut obligée
d'avoir recours aux proches de ſes
plus grands ennemis, & qu'elle y
trouvât de la fidélité. Par ces voyes,
elle fit ſçavoir ſes peines & ſes inquiétudes à Madame d'Hautefort
qui étoient de ſçavoir comment on
me traitoit, ce qu'on me demandoit, & ce que je répondois; car tout
rouloit là-deſſus. L'Evêque de Beauvais, & le Pere Cauſſin Confeſſeur
du Roi, m'ont dit depuis qu'en ce
temps-là, ils étoient tous en prieres,

pour m'obtenir de Dieu la grace de me taire, lesquelles, Dieu merci, furent efficaces. Madame d'Hautefort se mit aussi-tôt à chercher des moyens pour servir cette pauvre Princesse, nonobstant toutes les difficultés qui se présenterent en grand nombre ; car le Roi l'aimoit, il lui avoit fait un peu de bien, & elle ne pouvoit souffrir l'ombre même de l'ingratitude, outre qu'elle étoit d'une condition & d'un âge qui ne lui permettoient pas de courir, de se déguiser, & de se servir de moyens secrets pour faire réüssir ses desseins. De sorte qu'il falloit qu'elle courut risque de perdre absolument sa fortune ; mais la passion qu'elle avoit pour la Reine étoit si violente qu'elle la fit passer par-dessus toutes ces considérations ; & sa générosité s'accordoit si bien avec le pitoyable état où étoit la Reine, qu'elle se fut exposée à des périls encore plus grands pour l'en délivrer.

Elle se souvint que le Commandeur de Jars étoit à la Bastille , & que comme il avoit toûjours été serviteur de la Reine , il la pourroit bien servir en cette rencontre ; mais elle ne voyoit point d'apparence de l'aller chercher directement parceque c'étoit tout perdre ; mais comme son esprit agissoit continuellement , elle s'avisa que Madame de Villarceaux qui étoit niéce de M. de Châteauneuf seroit assurément des amies du Commandeur de Jars , elle l'alla trouver , lui fit connoître l'extrémité où la Reine étoit réduite ; & comme Madame de Chemerault lui avoit mandé de sa part que le salut de la Reine dépendoit absolument de me faire sçavoir ce que j'avois à répondre aux interrogations qu'on me faisoit.

Tout cela consistoit en ce que la Reine avoit avoué au Roi qu'elle avoit écrit une lettre au Marquis de

Mirabel, Ambassadeur d'Espagne à Bruxelles, & que c'étoit moi qui l'avois donnée à Mr. Ogier, Secrétaire de l'Ambassadeur d'Angleterre qui étoit à Paris pour la faire tenir. Or cette lettre avoit été interceptée, je ne sçai comment, & la Reine qui sçavoit bien qui l'avoit trahie, n'a jamais voulu le dire. Je niois tout absolument dans mes interrogatoires ; & comme la Reine avoit avoué cela, cette contradition donnoit de grands soupçons qu'il y avoit encore beaucoup d'autres choses à découvrir, l'unique moyen de détruire tous ces soupçons étoit de me faire sçavoir cet aveu de la Reine, afin que je fisse de même.

Madame de Villarceaux fut ravie de pouvoir contribuer à rendre ce service à la Reine : elle s'offrit de faire ce qu'elle pourroit, & dit à Madame d'Hautefort qu'elle voyoit souvent le Commandeur de Jars à la

grille du corps de garde, & qu'elle
l'aboucheroit avec lui quand il lui
plairoit, mais qu'il ne falloit pas
qu'elle fut connuë. Elle eut affez de
zéle pour confentir à fe déguifer,
& prendre l'habit d'une femme de
chambre de Madame de Villarceaux,
& de la fuivre en cet équipage à la
Baftille, où toutes deux entretinrent
le Commandeur du fervice dont la
Reine avoit befoin. Le Commandeur en fit d'abord beaucoup de
difficulté, fe défiant de Madame
d'Hautefort qu'il ne croyoit pas fon
fon amie, parce que voulant entrer
un jour dans le cabinet de la Reine
ou S. M. étoit feule avec Madame
de Chevreufe & elle, par ordre de la
Reine, elle lui en ferma la porte,
ce qu'il croyoit qu'elle avoit fait de
fon propre mouvement : il avoit encore d'autres défiances mal fondées;
mais les dangers qu'il avoit courus
lui étoient une raifon plus forte de

se défier de tout le monde. Cependant l'occasion de secourir la Reine, dès qu'il fut instruit de ses intentions, & de l'état de ses affaires, l'emporta sur tout cela, & il se mit aussi-tôt à en chercher les moyens.

Il gagna le valet d'un prisonnier nommé l'Abbé de Trois, lequel valet avoit de l'esprit & se nommoit Bois d'Arcy. Ce garçon pensa à ce qu'il y avoit à faire, & il ne trouva point de moyen qui lui parut plus court, que de gagner les prisonniers qui étoient dans ma tour au-dessus de moi, & ceux qui étoient au haut de ladite tour. Le hazard voulut que sur l'affût d'un canon, Bois d'Arcy trouva une des grandes pierres qui pavent cette terrasse rompuë par un coin, droite sur le haut de cette tour où j'étois.

Il prit le temps que la sentinelle, qui se promene continuellement sur cette terrasse étoit à l'autre bout,

il

il leva le morceau de pierre, & en même temps, il entendit parler des croquans de Bourdeaux qui étoient là pour quelque fédition, il leur parla ayant toûjours l'œil fur la fentinelle, & ils lui promirent de le fervir, car tous les prifonniers ont des charités les uns pour les autres qui ne font pas imaginables, & que je n'aurois jamais cru, fi je ne les avois expérimentées & pratiquées moi-même. Ces croquans firent un trou au haut de la voute que Bois-d'Arcy avoit recouverte de fon morceau de pierre, ils en firent un autre à leur plancher, & parlerent aux prifonniers qui étoient fous eux, dont un étoit le Baron de Tenence, & l'autre un nommé *Reveillon* qui avoit été Domeftique du Maréchal de Marillac, lefquels s'offrirent de bon cœur à faire ce qu'on voudroit : ils firent auffi un trou à leur plancher fous lequel étoit mon cachot,

H

lequel trou ils couvrirent du pied de
leur table, & quand ils entendoient
ouvrir mes portes à mon soldat pour
aller vuider la terrine sur le degré,
& qu'ainsi je demeurois seul, ils me
descendoient, avec un filet, les
lettres que les croquans recevoient
de Bois-d'Arcy à qui le Commandeur de Jars les donnoit.

La premiere lettre que je reçus
par cette voye du Commandeur portoit qu'il étoit venu une personne
de mes amies lui parler, qui desiroit sçavoir ce qu'on m'avoit demandé dans mes interrogatoires, &
aussi pour me dire quelque chose
qu'il me manderoit, aussi-tôt qu'il
sçauroit que ses lettres me seroient
renduës. Que je prisse confiance en
lui qui étoit prisonnier, fort de mes
amis & serviteur de ma Maîtresse,
qu'il me donnoit avis de ne me fier à
personne, & que tous ceux de cette
maison me fussent suspects.

En cela je lui obéïſſois trop , car lui-même me l'étoit ; je ne connoiſ-ſois point ſon écriture , & ne ſça-vois qui m'écrivoit , car il n'avoit oſé mettre ſon nom , craignant que ſa lettre ne me fut pas ſi fidellement renduë : il falloit faire réponſe ; mais je n'avois ni papier , ni encre ; d'ail-leurs , je craignois que ce fut une fineſſe pour me ſurprendre , c'eſt pourquoi j'en demeurai-là.

Deux jours après , auſſi-tôt que le déjeuner fut venu , & que mon ſol-dat fut ſorti pour ſa fonction ordi-naire , je vis deſcendre un autre bil-let qui me preſſoit fort d'écrire & me donnoit quelques lumieres , qui m'aſſuroient , que ces billets me ve-noient de bonne part ; ainſi j'y pris quelque confiance , & lorſque la nuit fut venuë & que mon ſoldat fut endormi , je me levai & me mettant entre la lumiere de la chandelle & ſon viſage , j'écraſai du charbon ,

un peu de cendre de paille brûlée,
& les détrempai avec un reste d'hui-
le de la salade du souper , & en fis
une espece d'encre ; ensuite avec un
brin de paille taillé en pointe, j'écrivis sur un dessus de lettre qu'on
m'avoit laissée dans ma poche, & je
mandai qu'on m'avoit tant demandé de choses, que je ne les pouvois
pas écrire en l'état où j'étois ; mais
que je n'avois rien dit qui put nuire
à personne, parce que je ne sçavois
rien.

Les prisonniers qui étoient au-
dessus de moi me parlerent ayant
entendu sortir mon soldat, & me
descendirent un filet avec une petite
pierre, que j'ôtai, & y attachai ma
belle lettre qu'ils tirerent à eux. Elle
donna de l'assurance au Commandeur qui vit par-là que je recevois
ses billets, ce qui l'engagea à m'en
écrire de plus clairs, & à se faire
connoître à moi : il me fit donner

papier, plumes & encre, par un
prisonnier qui, prenant son temps
pour aller voir les croquans pendant que ma porte étoit ouverte,
& que le soldat faisoit sa charge de
Porte-chaise, me donna adroitement
cette encre & ce papier que je ca-
chai dans mon lit. Après cela j'écrivis tout à mon aise, & notre commerce continua. Madame d'Hauté-
fort vint quelquefois voir le Commandeur pour sçavoir des nouvelles
& lui en dire, si bien que je fus
pleinement instruit de ce que la
Reine avoit avoué, & de ce qu'il
falloit que j'avouasse.

La Cour n'étant point satisfaite
de mes lettres ni de mes réponses,
m'envoya M. de la Feymas, Maître
des Requêtes, & grand Gibecier de
France, lequel me rapporta encore
la même lettre de la Reine que
M. le Chancelier m'avoit fait voir.
Ce galant - homme n'oublia rien

H 3

pour me perfuader de dire tout ce
que je fçavois , & que S. E. defiroit,
Je lui dis d'abord , pour lui épar-
gner fon éloquence, qu'il ne falloit
pas qu'il efperât que je lui dis ce
que je ne fçavois pas , & ce que
Mr. le Cardinal & Mr. le Chancelier ne m'avoient pu faire dire : il
me dit qu'il voyoit bien que je voulois me perdre ; mais que fi je voulois le croire , je ferois le plus heureux homme du monde ; que non
feulement je fortirois de la Baftille,
mais que je retournerois à la Cour,
& qu'affurément le Roi feroit quelque chofe de confidérable pour moi;
que je devois faire comme M. Patrocle qui ayant avoué tout ce qu'il
fçavoit, & demandé pardon au Roi,
avoit auffi-tôt été rétabli dans fa
charge. Je lui demandai auffi-tôt fi
M. Patrocle étoit en peine ? Il ne me
répondit rien ; mais un peu après,
il m'interrogea pourquoi je lui avois

demandé ſi Mr. Patrocle étoit en peine : *parceque* vous me l'avez dit , lui répondis-je , car je ne vous l'aurois pas demandé autrement : & après il me demanda quelle connoiſſance j'avois avec lui , s'il ne ſe mêloit point des intrigues de la Reine ? A quoi je lui répondis par maniere de raillerie : Eh ! quoi , Monſieur, vous dites que c'eſt moi, & que la Reine l'a dit au Roi , il faut donc que la Reine ait bien des intrigues , puiſqu'il faut tant de gens pour les conduire ; il ne me répondit rien là-deſſus , mais il me queſtionna ſur cent bagatelles afin de m'embrouiller. Je lui dis que je connoiſſois Mr. Patrocle pour être Ecuyer ordinaire de la Reine , que je ne lui avois jamais vu faire autre choſe que ſa charge , & que je ne lui en avois parlé que ſur ce qu'il m'en avoit dit. Il ne voulut point que ſon Greffier écrivit ce que je diſois ;

mais je lui dis que s'il ne l'écrivoit
je ne fignerois pas l'interrogatoire:
nous eumes là-deffus un grand démêlé , car je vis bien qu'il vouloit
m'embrouiller & me furprendre.

Enfin , il fit écrire mes réponfes
& fe mit à m'embraffer , puis il
ajoûta que je me défiois de lui , mais
qu'il étoit plus mon ferviteur que je
ne penfois : que dès le commencement de ma prifon S. E. lui avoit
voulu donner la commiffion de m'interroger ; mais que lui étant recom-
mandé par mes amis , il s'en étoit
excufé : que Mr. de la Potterie s'en
étoit fait de fête , & qu'il en étoit
bien aife , mais que n'ayant pû rien
tirer de moi , le Roi avoit voulu
abfolument qu'il me vint trouver,
& qu'il n'y étoit venu qu'à deffein
de me fervir. Il me nomma tous mes
amis , & tous mes ennemis de la
Cour , tant il s'étoit informé de
mes affaires : *Avouez, avouez,* me

difoit-il, *& vous ferez la plus belle
action du monde , vous ferez caufe
de la reconciliation du Roi & de la
Reine ; dites feulement un mot*, conti-
nuoit-il en m'embraffant & me bai-
fant ; & j'accommoderai l'affaire ,
en forte que tout ce qui s'eft paffé
tournera à votre avantage & à votre
honneur.

Comme il vit que toutes ces belles
paroles ne m'ébranloient pas , il
changea tout-d'un-coup de ton ,
& me dit que puifque je me voulois
perdre , il m'alloit apprendre bien
d'autres nouvelles , que je ne fçavois pas. En même temps il tira un
papier de fon fac , & en me le montrant ; voilà, dit-il, un Arrêt par lequel vous êtes condamné à la queftion ordinaire & extraordinaire ,
voyez où vous en êtes, & où vous
jette votre opiniâtreté : il me fit
defcendre dans la chambre de la
queftion avec le Sergent la Brie-

re, & là ils m'en firent voir tous les inftrumens, me la préfenterent, & me firent un grand fermon fur les ais, les coins, les cordages, éxagerant le plus qu'ils pouvoient les douleurs que cela caufoit, & comme cette queftion applatiffoit les genoux; ce qui véritablement m'auroit étonné fi je n'euffe été réfolu à quelque chofe de pis, & fi je n'euffe tenu la paix dans mes mains en difant à propos ce que j'avois ordre de dire. Je lui dis que le Roi étoit le maître de ma vie, qu'il pouvoit me l'ôter, & qu'à plus forte raifon, il pouvoit me faire applatir les genoux; mais que je fçavois qu'il étoit jufte, & que je ne pouvois croire qu'il confentit qu'on me traitât de la forte fans l'avoir mérité.

Je fus tout prêt d'avouer ce que j'avois ordre de dire par une inftruction fecrete; mais j'eus peur qu'il ne crut que c'étoit la peur, qui me le

faiſoit dire, & que cela ne lui donnât envie de me faire donner la queſ-
tion qu'il m'avoit préſentée , afin
d'en ſçavoir davantage : outre que
d'aller avouer tout d'un coup une
choſe après l'avoir long-temps niée,
cela lui auroit donné des ſoupçons
des avis qu'on m'avoit donnés. C'eſt
pourquoi je lui dis ſeulement que
j'avois quelque choſe à dire ; mais
que je ne le dirois jamais ſi la Reine
ne me le commandoit : il ne manqua pas de me dire que la Reine
me l'avoit commandé par ſa lettre :
Mais, lui dis-je, *cette lettre m'eſt ſuſ-*
pecte , on a peut être forcé la Reine à
me l'écrire, elle m'eſt donnée par M. le
Chancelier & toute ouverte , c'eſt pour-
quoi je n'y ſçaurois ajoûter foi. Que
voulez-vous donc, me dit-il ? *Je vou-*
drois , lui repartis-je , *que la Reine*
m'envoyât un des ſiens qui fut homme
de bien, qui me vint dire de ſa part s'il
lui plaiſoit que je diſſe ce que je ſçavois:

cela est bien aisé, me dit-il, *eh ! qui
voulez - vous qui vienne de sa part.*
Je me souvins heureusement que le
Contrôleur Général de la Maison
de la Reine, nommé la Riviere,
étoit fort de ses amis ; ainsi je lui
dis que je ne connoissois personne
dans la Maison de la Reine à qui je
me fiasse tant qu'au Contrôleur Général la Riviere : il en fut si ravi,
qu'il ne put se tenir de m'embrasser
encore une fois, & de me dire que
j'avois raison, qu'il le connoissoit,
& qu'il étoit fort homme d'honneur,
que je ne pouvois pas mieux faire,
& que j'étois bien inspiré.

M. de la Feymas écrivit promptement à la Cour qu'il avoit si bien
fait que j'étois prêt de tout dire
pourvû que la Riviere, Contrôleur
Général de la Maison de la Reine
vint de sa part m'assurer que je pouvois dire tout ce que je sçavois.
Aussi-tôt le Roi & S. E. envoyerent

querir la Riviere à qui ils comman-
derent de me venir trouver de la
part de la Reine, & de me dire que
S. M. me commandoit abfolument
de dire tout ce que je fçavois &
que je n'obmiffe aucune chofe ,
qu'elle m'auroit une grande obligation fi j'avouois tout , & qu'elle
avoit tout avoué , qu'après elle fe
reconcilieroit avec le Roi, qu'elle
feroit en repos , & que je ferois
caufe du plus grand bien qui lui put
jamais arriver.

Les chofes étant ainfi difpofées,
Mr. le Chancelier m'envoya querir
un foir à la maniere ordinaire :
d'abord après avoir pris mon fer-
ment, il me donna une réponfe que
la Reine faifoit à ma derniere lettre,
dont la teneur étoit , qu'elle avoit
reçu ma lettre, & qu'elle n'avoit
autre chofe à me dire fi non qu'elle
vouloit que je diffe la vérité. Je dis
à Mr. le Chancelier que je l'avois

dit, & que je n'en ſçavois point d'autre : *Mais*, me dit-il, *vous avez dit à M. de la Feymas que vous diriez tout ce que vous ſçavez de ces affaires-ci, pourvû qu'il vint un homme de la part de la Reine, vous en apporter la permiſſion : il eſt vrai*, lui répondis-je, *car je ne me fie point aux lettres que la Reine m'écrit*. Auſſi-tôt il appella un de ſes gens, & lui dit qu'il fit entrer la Riviere : dès qu'il fut entré Mr. le Chancelier me demanda ſi je le connoiſſois : après lui avoir dit qu'oüi, il me demanda pour qui je le connoiſſois : *Pour un fort honnête-homme, & très-homme de bien*, lui répondis-je. Eh ! bien, me repliqua-t-il, allez entendre ce que la Reine vous mande par lui.

Nous allâmes au coin du cabinet, ou pendant que Mr. le Chancelier parloit à un de ſes gens, la Riviere me dit que la Reine lui avoit commandé de me venir trouver, voyant que je ne voulois rien dire de toutes les chofes qu'elle m'avoit comman-dées par fes lettres, qu'elle en étoit bien en colere contre moi, qu'elle vouloit abfolument que je diffe tout ce que je fçavois, que je ne fcellaffe aucune chofe, & que je lui rendrois le plus grand fervice qu'elle eut ja-mais reçu de perfonne, qu'elle avoit avoué toutes fes intrigues, que le Roi fçavoit tout, qu'il n'étoit plus temps de faire fineffe, & qu'il ne falloit plus fonger qu'à trouver gra-ce auprès du Roi, qu'il me l'offroit pourvû que j'avouaffe tout ce que je fçavois, que fi je faifois autrement, la Reine m'abandonneroit & que j'étois perdu fans reffource.

Je feignis de le croire, & je re-tournai à M. le Chancelier à qui je dis que j'étois fatisfait, & que j'étois prêt à dire tout ce que je fçavois, puifque la Reine le vouloit, mais que fans cela je ne l'aurois jamais dit quoiqu'il en pût arriver.

Il écrivit ma dépofition qui fut: que la Reine m'avoit donné une lettre pour le Marquis de Mirabel, que je ne fçavois pas ce qu'elle contenoit, que je l'avois donnée à Mr. Agier, Secrétaire de l'Ambaffadeur d'Angleterre, & que c'étoit tout ce que je fçavois. *Mais il y a bien d'autres chofes*, me dit-il : puis il commença à repaffer fur toutes les chofes dont j'avois été interrogé tant de fois, fur les correfpondances de Flandre, d'Efpagne, d'Angleterre, de Lorraine & des Religieufes du Val-de-Grace : fur tout cela je lui dis que je ne fçavois rien, & que fi j'avois fçu quelque chofe je l'aurois dit comme le refte, puifque la Reine me commandoit de dire tout ce que je fçavois. Nous eumes là-deffus une longue conteftation, il me menaça encore de la queftion, & de me faire faire mon procès ; à quoi je répondis qu'il feroit tout ce qu'il

voudroit, mais que je n'étois pas
affez méchant pour accufer la Reine
d'une chofe que jé ne fçavois pas être
véritable ; & que quand on m'arra-
cheroit les membres du corps les
uns après les autres, je ne dirois jamais rien contre ma confcience , &
que je me repentois d'en avoir tant
dit, puifqu'il ne s'en contentoit pas.

La chofe en demeura-là , il me fit
figner ma dépofition , me renvoya
à la Baftille après avoir prié la Riviere de dire à la Reine, que j'avois
dit tout ce qu'elle avoit voulu , &
tout ce que je fçavois : cela quadroit
juftement à ce que la Reine avoit
avoué, ce qui fut caufe que depuis
on ne me demanda plus rien.

J'appris enfuite que , lors de cet
aveu que la Reine n'avoit pû s'empêcher de faire quand on lui avoit montré fa lettre qui parloit du Roi en
termes fort défobligeans , elle fut
contrainte de demander pardon par

écrit , & de promettre de ne plus
écrire. Ce fut-là tout ſon châtiment;
car , comme je n'avois rien dit,
on ne trouva pas cela aſſez fort pour
la renvoyer en Eſpagne. M. le Gras
Secrétaire de ſes Commandemens
lui ayant apporté ce pardon dreſſé
par écrit à ſigner, elle y réſiſta long-
temps ; mais après qu'il lui eut fait
entendre , qu'il y avoit ordre de la
mettre dans un Château avec des
Gardes, en cas qu'elle ne le voulut
ſigner , elle y conſentit ; mais comme cela fut ſecret, & qu'on ne ſçut
pas ſi-tôt la reconciliation qui s'en-
ſuivit , il courut un bruit ſur ce re-
fus de ſigner , qu'on alloit arrêter la
Reine priſonniere , & ce bruit vint
juſques dans mon cachot renouvel-
ler toutes mes appréhenſions.

Juſtement dans ce temps-là j'entendis le tambour des Gardes qui
paſſoit à la porte St. Antoine; je demandai ce que c'étoit , & l'on me

dit que la Cour venoit à St. Maur des Fossés, ce qui redoubla ma frayeur, parce que je croyois que la Cour n'alloit à St. Maur que pour mettre la Reine à Vincennes, que si on l'arrêtoit ce ne feroit pas pour peu de temps, ou que si elle en fortoit, ce ne feroit que pour aller en Espagne, ce qu'on auroit de la peine à faire si je ne parlois; & comme j'étois toujours ferme dans la réfolution de ne rien dire qui lui put nuire, il étoit à craindre qu'ils ne me fiffent mourir & ne fabriquaffent un Teftament de mort par lequel j'accuferois la Reine de tout ce qu'il plaifoit à fes ennemis, qu'il étoit fort aifé de contrefaire ma fignature, & que je ne reviendrois pas de l'autre monde pour les accufer de fauffeté.

Mais cette crainte fe diffipa tout-à-fait, quand tiré du cachot après y avoir été retenu fix femaines, &

jouïſſant des libertés de la Baſtille j'appris la vérité de toutes choſes, par Madame d'Hautefort, & Mademoiſelle de Chemerault qui me vinrent voir à la grille.

Elles me dirent que la reconciliation de Leurs Majeſtés s'étant faite à Chantilly quelques jours après la ſignature du pardon, le Roi en étoit parti pour venir à Paris voir Mademoiſelle de la Fayette, qui s'étoit retirée aux Filles de Ste. Marie de la Porte St. Antoine, & paſſant par-là pour aller à Saint Maur, me donna l'appréhenſion dont je viens de parler. Un jour ou deux après la Reine vint à Paris, & paſſa par la Porte Saint Antoine pour aller trouver le Roi à St. Maur, de quoi ayant été averti, je montai ſur les tours pour la voir paſſer; auſſi-tôt qu'elle m'apperçut elle deſcendit du devant de ſon carroſſe, & ſe mit à la portiere pour me faire ſigne de la main, &

me témoigner autant qu'elle pouvoit par des fignes de tête, qu'elle étoit contente de moi, & de ma conduite. Il n'y eut pas un prifonnier à qui je ne fis autant d'envie que je lui avois fait de pitié, & qui n'eut voulu fouffrir plus que je n'avois fouffert, pour mériter ce témoignage, quoique leger, de la reconnoiffance d'une grande Reine: tant il eft vrai, que les François fe fatisfont aifément d'un peu de fumée.

De St. Maur Leurs Majeftés revinrent à Paris, où elle couchèrent enfemble, & dès la premiere nuit, la Reine devint groffe du Roi notre Maître, fi bien qu'avec raifon on le pouvoit appeller le fils de mon filence, auffi-bien que des prieres de la Reine, & des vœux de toute la France.

Au fortir de mon cachot, on me mit avec Mr. le Comte d'Achon,

Gentilhomme très-sage, plein d'honneur, & neveu du Pere de Chanteloup, Prêtre de l'Oratoire qui étoit avec la Reine mere Marie de Médicis en Flandre, & qui fut du conseil de faire prendre Madame d'Eguillon pour sauver la vie de M. de Montmorency. Ce fut le Comte d'Achon qui conduisit cette entreprise, avec Mr. de Besançon l'aîné qui s'étant sauvé du Fort l'Evêque, où il étoit prisonnier, par le moyen d'une machine qu'il avoit inventée, se retira en Flandre avec la Reine mere. Leur dessein étoit d'enlever Madame d'Eguillon, lorsqu'elle se promeneroit sur une haquenée dans le parc de Vincennes, & de la mener en Flandre, pour donner la peur à Mr. le Cardinal que la Reine mere n'usât de représailles sur cette Dame, s'il faisoit mourir de Mr. de Montmorency. Il y eut quelque faux frere qui découvrit la chose. Un soldat

fut pendu, Mr. le Comte d'Achon,
& un Valet de chambre de la Reine
mere furent mis à la Baſtille ; mais
celui-ci s'en ſauva, & le pauvre
Comte d'Achon fut mis dans un cachot ſans autre lumiere que celle
d'une lampe : il y demeura ſept ans,
& y étant entré ſans barbe, il en
ſortit avec des cheveux blancs ; mais
il n'en eut pas encore été quitte
pour cela ſans Madame d'Eguillon
qui ne voulut pas qu'on ôtât la vie
à un Gentilhomme pour l'amour
d'elle. Cependant ſes parens s'étoient
ſaiſis de ſon bien, ne croyant pas
qu'il revînt jamais de-là, ſi bien qu'il
étoit accablé de toutes ſortes de malheurs : de quoi m'entretenant avec
lui, il me vint en penſée que Madame de Rambouillet, depuis Madame de Montauſier étoit fort aimée
de Madame d'Eguillon, & qu'en
offrant quelque choſe à un pauvre
Gentilhomme qui étoit à elle, il

pourroit engager fa Maîtreſſe à ſol-
liciter Madame d'Eguillon de pouſ-
ſer ſa généroſité juſqu'au bout. Mr.
d'Achon promit mille piſtoles, le
Gentilhomme s'employa, j'en parlai auſſi à Madame de Rambouillet
dans l'intervalle de ma ſortie de la
Baſtille & de mon voyage de Saumur, & elle fit ſi bien auprès de
Madame d'Eguillon qu'elle fit la
choſe de la meilleure grace du monde; car elle prit ſon temps de le faire
ſortir lors du mariage de Mr. de St.
Sauveur, parent de M. le Cardinal,
avec Mademoiſelle de Jalaine, pa-
rente de M. le Maréchal de Brezé,
& de la Baſtille elle le fit venir du
même pas à ces nôces; de ſorte que
par la premiere lettre que je reçus
de lui en arrivant à Saumur, il me
manda que de l'enfer, il avoit paſſé
tout d'un coup en Paradis: & Madame d'Eguillon non contente de
cela, prit ſes intérêts en main, & lui
aida

aida à folliciter fes procès qu'il gagna tous & le fit rentrer dans la poffeffion de fon bien.

Il y avoit encore avec lui dans la même chambre Mr. de Chavaille, Lieutenant - Général d'Uzarche en Limoufin, qui étoit-là pour un démêlé, qu'il avoit eu avec Mr. de Ventadour, Gouverneur de la Province, auquel il n'avoit pas voulu obéïr.

Nous paffions le temps tous trois à différentes chofes, M. d'Achon, étudioit les Mathématiques, & fe divertiffoit quelquefois à dreffer des chiens au manége, ce qu'il faifoit admirablement ; Mr. de Chavaille compofoit un livre, & j'apprenois à deffiner, avec la perfpective que M. du Fargis me montroit. Ce Gentilhomme avoit été pris avec M. du Coudray Montpenfier, lorfque Monfieur revînt de Bruxelles, & que Mr. de Puilaurent fut arrêté au Louvre, & mené à Vincennes.   I

Outre ces Meſſieurs & ceux dont j'ai parlé ci-deſſus, la Baſtille étoit remplie de quantité de perſonnes de qualité. M. le Maréchal de Baſſom-pierre y avoit été mis pour les affai-res de la Reine mere, dans le même temps qu'elle fut arrêtée : comme j'ai dit, ſon âge lui avoit fait perdre la mémoire ; en ſorte qu'il racontoit à tous momens aux mêmes perſon-nes l'hiſtoire de ſes amours. Mais il n'en étoit pas pour cela moins ga-lant ; car il courtiſoit fort une Ma-demoiſelle de . . . . auſſi priſonniere, juſques-là que le bruit en courut à la ville & à la Cour ; tantôt l'un di-ſoit qu'il l'avoit épouſée & l'autre qu'elle étoit groſſe, ce qui lui fai-ſoit tort, dont ayant été averti par ſes amis, il voulut donner le chan-ge au Maréchal de Vitry, qui n'en-tendit pas raillerie là-deſſus, & la fit ſortir de ſa chambre toutes les fois qu'elle y vînt.

M. le Maréchal de Vitry fut mis
à la Bastille depuis moi à cause des
plaintes des Provençaux, qui l'ac-
cusoient de quelques violences, cependant quelque violente que fut
son humeur, il supporta sa prison
avec une constance merveilleuse ;
comme il ne pouvoit voir de feu
sans en être incommodé, jusques-là
que ses joues se fendoient & en sai-
gnoient, il envoyoit tous les matins chauffer sa chemise dans notre
chambre qui étoit au-dessus de la
sienne, & son laquais lui ayant rapporté qne j'étois-là, il me manda
qu'il étoit en grande peine pour des
papiers de conséquence qui étoient
chez lui, & qu'il avoit peur que l'on
vit ; que je lui ferois grand plaisir si
par mes correspondances je pouvois
faire tenir une lettre de lui à ses gens
à la Ville, pour les avertir de mettre
ses papiers en lieu de sûreté, ce que
je fis, sa lettre fut tenuë, & ses pa-

piers mis à couvert : la chose lui
toucha tellement au cœur , que
quand nous fûmes tous deux en liberté, il me mena chez lui , & commanda devant moi à ses enfans
d'avoir un souvenir éternel du service que je lui avois rendu.

M. le Comte de Cramail étoit à
la Bastille long-temps avant moi &
y avoit été mis , pour avoir averti
le Roi , quand S. M. fut en Lorraine que sa personne n'étoit pas en
sûreté ; parce que l'armée des Lor-
rains étoit plus forte que la sienne,
ce qui fut rapporté par M. de Chavigni à S. E. qui le punit de la prison pour avoir donné de l'appréhen-
sion au Roi , quoiqu'elle fut juste
& raisonnable ; c'étoit un fort honnête-homme & très-sage , qui avoit
si bien acquis l'estime de la Reine
que j'ai oüi dire à S. M. long-temps
auparavant, que si elle avoit des enfans dont elle fut la Maîtresse, il en
seroit le gouverneur.

Le Commandeur de Jars y étoit aussi avant moi pour avoir eu part à l'intrigue de M. de Châteauneuf; il avoit d'abord été envoyé à Troyes avec ordre à M. de la Feymas de lui faire son procès : il se défendit bien contre lui, jusques-là qu'ayant été mené par ses gardes à l'Eglise le jour d'une grande fête, & l'ayant vû communier, il sauta aussi-tôt à lui, le prit au collet, & le pressa d'avouer devant Dieu qu'il tenoit en sa bouche qu'il avoit aposté tous les témoins qu'il lui avoit confrontés, de quoi M. de la Feymas demeura très-surpris & ne lui dit autre chose, si non qu'il étoit trop violent, & qu'il se perdroit; ce qui pensa arriver, car il fut condamné à avoir la tête tranchée, mené sur l'échaffaut les yeux bandés, & prêt à recevoir le coup, lorsqu'on vint crier grace, ce qui fit paroître que tout ce qu'on avoit fait, n'étoit que pour le faire

parler ; mais il demeura toujours
ferme ; & on l'emmena de-là à la
Baftille , où je le trouvai en arrivant
fort à propos pour la Reine & pour
moi , comme il paroît parce que j'ai
dit ci-deffus.

M. de Gouillé Gentilhomme très-
bien fait qui avoit été nourri Page
de M. de Nemours , y fut mis par
adreffe de la......célebre Demoifelle qu'il entretenoit , & comme
fon inconftance ne lui plaifoit point,
il la maltraitoit quelquefois , & effa-
rouchoit tous fes autres galans par
fa bravoure ; de forte que pour s'en
défaire , elle écrivit à M. le Cardinal qu'elle lui avoit oüi dire qu'il
ne mourroit jamais que de fa main.

M. Vaultier , Médecin de la Reine
mere Marie de Médicis, qui a été enfuite premier Médecin du Roi, avoit
été mis à la Baftille dans le temps
que fa Maîtreffe fût arrêtée à Compiegne, parce qu'il fut foupçonné de

lui avoir donné des conseils qui ne plaisoient pas à la Cour, il supportoit sa prison avec beaucoup de chagrin, quoique pour le charmer, il fit venir Pierre Eigonne, grand Mathématicien qui lui enseignoit l'Astronomie ; cependant se promenant sur la terrasse, on lui entendoit dire dans son ennui ces paroles de David *usquequo, Domine, usquequo ?*

J'obmets ici une infinité d'autres personnes qui étoient à la Bastille pour divers sujets.

Comme j'avois gagné dans mon cachot une fiévre lente qui m'avoit bien affoibli, le plaisir de la Societé, le grand air que je respirai sur le haut des tours, & la tranquillité où je me trouvai après une si grande secousse, rétablirent en peu de temps ma santé ; la vuë de la Reine, & le témoignage de reconnoissance qu'elle m'avoit donné du haut des tours, me fit concevoir des espérances d'une

I 4

meilleure fortune, dont la premiere marque fut ma sortie de la Baftille, où je demeurai neuf mois jour pour jour comme dans le ventre de ma mere, avec cette différence qu'elle ne fut point incommodée de cette groffeffe, dont j'eus feul toutes les tranchées & les douleurs : ce ne furent pourtant point celles-là qui la firent accoucher de moi ; mais une autre groffeffe, car la Reine étant à mi-terme, & ayant fenti remuer fon enfant, elle demanda ma liberté, par l'entremife de Mr. de Chavigni ce qu'on lui accorda, à la charge que j'irois en éxil à Saumur, & que je n'en fortirois point fans ordre du Roi.

Le 12. Mai de l'année 1638. M. le Gras, Secrétaire des commandemens de la Reine, avec un Commis de Mr. de Chavigni vint me faire figner la promeffe que je faifois au Roi d'aller à Saumur à cette

condition ; je fignai , & le lendemain je fortis de la Baftille après
avoir pris congé de tous les prifonniers.

Ainfi le premier coup de pied du
Roi me fit ouvrir toutes les portes
de la Baftille & m'envoya à plus de
quatre-vingt lieuës de-là. Auffi-tôt
que je fus forti de prifon , on me
mena chez Mr. de Chavigni que la
Reine avoit employé pour obtenir
ma liberté , lequel me reçut le plus
honnêtement du monde , & témoigna qu'il avoit de la joye de ce que
j'avois eu affez de fermeté pour défendre la Reine , ce qui me fit croire
qu'il étoit ferviteur de Sa Majefté
autant que le pouvoit être un homme à la place où il étoit , il me dit
que je ne pouvois demeurer que
deux jours à Paris ; mais après lui
avoir repréfenté que ma prifon avoit
dérangé toutes mes affaires , & que
m'en allant pour long-temps j'avois

I 5

befoin de quelques jours de féjour
pour y donner ordre, il m'accorda
huit jours à la charge que je ne ver-
rois perfonne de la Cour, & que je
n'irois que la nuit à mes affaires,
je le remerciai autant que je pus,
& après avoir pris congé de lui j'allai rendre grace à Dieu & à la Vierge
à Notre-Dame.

J'allai enfuite chez Madame de la
Flotte, pour rendre me devoirs à
Madame d'Hautefort ; c'étoit-là
qu'il falloit faire des remercimens
& des proteftations de reconnoiffance ; mais elle m'arrêta tout court,
& je crois qu'elle eut raifon, car outre que je les faifois mal, c'eft à mon
gré une méchante monnoye pour
payer de véritables obligations: bonne ou mauvaife cependant, c'étoit
tout ce que je pouvois donner à la
générofité fi extraordinaire d'une
perfonne qui avoit pris tant de peine à m'affifter ; car outre les chofes

qui regardoient le service de la Reine, elle m'avoit rendu tous les bons offices qu'elle avoit pu, & eut bien plus de soin de mes affaires qu'elle n'en a toujours eu des siennes, ce n'étoit pas une générosité commune qui attend les occasions, elle les cherchoit continuellement, & ce qui est admirable, c'est qu'elle a toujours été, & qu'elle est encore à présent de la même force. Je fis aussi mon compliment à Madame de la Flotte qui me dit qu'elle avoit ordre de la Reine de me voir, & de me dire qu'elle me donneroit sa vie durant six cent écus de pension.

Avant de partir, Mr. le Cardinal me fit demander par Madame la Marquise de Mons, si je voulois me donner à lui, ce que je ne crus pas à propos de faire, & j'ai appris depuis de M. l'Abbé de Beaumont, son Maître de Chambre, qu'après l'interrogatoire qu'il m'avoit fait subir chez lui, il avoit fait appeller tous ceux de fa Maifon, & leur avoit dit qu'il fouhaiteroit pour beaucoup être affuré d'avoir parmi eux une perfonne auffi fidelle que moi.

Après avoir donné ordre à mes petites affaires, je m'en allai à Saumur, où je ne m'établis pas d'abord pour un long féjour : car on m'avoit toujours fait efperer que je retournerois à la Cour auffi-tôt que la Reine feroit accouchée, mais les affaires changerent de face, & la Reine eut affez de peine à fe conferver elle-même, & à fe défendre de fes ennemis qui n'étoient pas moins puiffans qu'avant qu'elle eut des enfans.

Je trouvai à Saumur Mr. de la Berchere, premier Préfident du Parlement de Dijon, qui y étoit, il y avoit huit ou dix mois, par ordre du Roi pour fatisfaire feu Mr. le

Prince, qui n'avoit fçu compatir avec le crédit, le mérite, & l'affection pour le fervice du Roi, qu'avoit au fouverain degré cet excellent homme.

Nous fîmes enfemble une étroite amitié, & nous nous promîmes réproquement que le premier qui feroit en pouvoir auroit foin de fon Compagnon, je fus affez heureux pour être le premier rappellé; & après l'avoir fait revenir, nonobftant les oppofitions de M. le Prince, & qu'il fut abandonné de tous fes parens qui craignoient de fe faire un tel ennemi, je fus le feul à preffer la Reine de le faire rentrer dans fa charge, à quoi ne pouvant réüffir, il arriva que la premiere Préfidence de Grenoble étant venue à vaquer, M. le Prince fut le premier à la demander pour lui afin de s'en défaire. Nous pafsâmes cinq années enfemble à Saumur, où nous avions fouvant la compagnie de M. l'Abbé de Foix, qui avoit été mis à la Baſtille, & de la renvoyé à ſon Abbaye du Leroux pour avoir été à la Reine mere.

Nous voyons auſſi quelquefois M. Servien qui venoit ſouvent d'Angers où il étoit éxilé, ſe promener & faire ſa cour au Maréchal de Brezé.

Quand j'eus appris que la Reine étoit accouchée, & qu'elle n'en avoit pas plus de pouvoir, je commençai à m'établir pour longues années, & j'écrivis à Madame d'Hautefort que je la ſuppliois d'employer ſon crédit pour m'obtenir la permiſſion de me promener aux environs de Saumur, ce qu'elle obtint avec bien de la peine par l'entremiſe de M. de Chavigni, à condition que je n'en abuſerois pas, & que nos promenades ne paſſeroient pas ſept à huit lieuës à la ronde.

La premiere ſortie que je fis fut

pour aller à Richelieu avec M. de la Berchere ; en y allant nous pafsâmes par Champigni, où nous vîmes les ruïnes de cette belle & ancienne maifon, qu'on avoit démolie pour bâtir Richelieu. Après avoir vû la Ste. Chapelle, qui feule étoit reftée de tout le Bâtiment, nous conti-nuâmes notre voyage, & de Riche-lieu nous fûmes voir les pofledées à Loudun.

Depuis ce temps-là, j'allongeai ma chaîne peu-à-peu ; mais j'appris une fàcheufe nouvelle qui l'appe-fantit extrêmement, c'eft que Ma-dame d'Hautefort étoit releguée au Mons. Je n'en ai jamais bien fçu pofitivement la caufe, ni elle non-plus ; car de croire que ce fut pour m'avoir donné des avis pendant que j'étois à la Baftille, cela avoit été trop fecret pour qu'on en découvrit quelque chofe ; & d'ailleurs fi cela eut été on auroit affurément doublé

ma peine. Ce qui me fait croire
que la chofe arriva parce que S. E.
voyant que Mad. d'Hautefort n'étoit
pas de fes amies & qu'elle avoit une
grande paffion pour la Reine, il
voulut mettre à fa place dans l'efprit du Roi une perfonne entierement dépendante de lui ; & pour cet
effet, il jetta les yeux fur Monfieur
de Cinq-Mars, fils de Mr. d'Effiat
fon parent, qui l'étoit auffi de Mr.
des Noyers ; mais il fut trompé, car
Mr. de Cinq-Mars le voulut fup-
planter lui-même, & l'accabler en
lui fufcitant une grande guerre par
des négociations qu'il fit en Efpagne, & qui cauferent fa perte. La
Reine pour avoir eu connoiffance de
fes deffeins en fut très-mal auprès du
Roi, jufques-là qu'on fut près de
lui ôter fes enfans.

Dès que j'eus appris que Madame
d'Hautefort étoit au Mons, j'allai
lui rendre mes devoirs fous le nom

de l'*Hermitage*, de-peur qu'on ne mandât à la Cour que j'y avois été, ce qui lui auroit pû nuire, & à moi aussi. Il ne se passa point d'année que je n'eusse l'honneur de la voir, & de faire de petits voyages avec elle. De son côté elle en fit un à Saumur, où elle avoit mandé à Mademoiselle de Chemerault de se trouver. Je leur avois retenu un logement pour les loger ensemble, & cette affaire devoit être fort secrete ; mais certe Demoiselle qui gardoit toujours des mesures avec la Cour, où elle faisoit tout son possible pour retourner, ne faisoit rien aussi qui lui put nuire. Elle donna avis qu'elle venoit à Saumur avec Mad. d'Hautefort, & le publia avant de partir de Poitiers ; en sorte que quand Madame d'Hautefort arriva à l'hôtellerie il n'y avoit pas un valet, ni une servante qui ne sçut leur arrivée. Cela me surprit & me donna du

foupçon , car j'étois affuré que cela
ne venoit point de Madame d'Hautefort , & comme je fçavois que
Mademoifelle de Chemerault avoit
trop d'efprit , pour avoir rien dit
fans y penfer , je crus qu'elle avoit
fait courir ce bruit exprès. Et ce qui
me le confirma fut que j'apperçus
en même temps M. de Noirmoutier
qui arrivoit à l'hôtellerie voifine de
celle où elles devoient loger , lequel
me dit auffi-tôt que Mademoifelle
de Chemerault lui avoit mandé que
Madame d'Hautefort & elle devoient
venir à Saumur. Il me déclara le
fujet de fon voyage , qui étoit une
extrême paffion pour Mad. d'Hautefort , à laquelle il venoit offrir fon
fervice , & que Mademoifelle de
Chemerault lui avoit promis de le
fervir , qu'il croyoit l'occafion d'autant plus favorable , qu'on n'en fçauroit rien. Mais lorfque je lui eus dit
que Mr. de Villars étoit avec elle,

il en pensa mourir de douleur, & il
chercha tous les moyens d'écarter
M. de Villars, & de parler à Madame d'Hautefort & à sa confidente,
sans qu'il le sçut, ce que lui ayant
fait connoître être impossible, jamais homme ne fut plus affligé. Il
étoit résolu d'aller chez un Orfé-
vre faire faire un cachet du Roi,
puis de fabriquer une lettre de cachet portant ordre à Mr. de Villars
de se rendre en diligence à Paris,
& de la lui envoyer par un homme
aposté, mais il en fut dissuadé par
un Gentilhomme, nommé du Rossai,
qui étoit à lui.

Madame d'Hautefort fut extrêmement surprise, lorsque je lui dis cela,
& crut bien d'abord que c'étoit Mademoiselle de Chemerault qui lui
avoit fait cette piéce. De quoi elle
fut fort en colere contre elle ; mais
avec tout cela, elle ne se put défendre de le voir, ce qui n'avança pas

ſes affaires, & quoiqu'il voulut s'aller jetter dans la riviere, ou en faire
le ſemblant, on étoit fort réſolu de
le laiſſer boire, ſans lui en faire raiſon ; il fit tout ce que l'amour peut
ſuggerer quand il eſt extrême, &
que le ſujet eſt ſans défauts. Mais il
avoit affaire à une perſonne qui n'é-
toit pas aiſée à toucher, & pour laquelle les têtes couronnées avoient
ſouvent fait des vœux, qui n'avoient
jamais été éxaucés. Elle le congédia
pluſieurs fois, mais comme elle vit
qu'il ne ſe rebutoit pas, elle partit
de grand matin, & s'en retourna au
Mans, il courut après : on ferma les
portieres du carroſſe, & enfin on le
traita de maniere qu'il fut obligé de
s'en retourner à Saumur, où il fut
encore quelques jours avec Mademoiſelle de Chemerault, & comme
Madame d'Hautefort s'étoit ſéparée
d'elle aſſez froidement, elle voulut
me faire voir par le traitement qu'elle

faifoit à M. de Noirmoutier, qu'elle
n'étoit point tant fon amie, & qu'elle
en étoit même importunée, elle lui
tiroit la langue par derriere en fe mo-
quant de lui, ce qu'elle pouvoit auffi
bien faire à Madame d'Hautefort
qu'à lui ; car cette bonne Demoifelle
étoit fort adroite à fervir les deux
partis, comme il paroîtra parce que
je vais dire.

L'année d'après, Madame d'Hautefort me manda que je l'allaffe attendre à Tours, & me pria de l'accompagner à Poitiers, ce qui fut
fait. Nous y fûmes huit jours, &
Mr. de Villemontée, Intendant de
Juftice nous y traita fplendidement ;
pendant tout ce temps-là j'appris
à Poitiers que Mademoifelle de
Chemerault avoit intelligence à la
Cour, & que même elle en recevoit
des bienfaits, ce qui paroiffoit par la
dépenfe qu'elle faifoit, à quoi elle
n'eût pû fournir de fon revenu par-

ticulier. Je l'obfervai dans les entre-
tiens, & comme je me défiois d'elle,
il ne me fut pas difficile de connoître que les foupçons que j'avois eu
n'étoient pas mal fondés. J'avertis
Mad. d'Hautefort de ce que j'avois
vu & entendu ; mais comme elle eft
bonne, & qu'elle a la confcience
délicate, elle ne put croire qu'elle
fut capable de faire une fi lâche
action, & comme de jour en jour
je m'affermiffois dans la croyance
qu'elle trompoit fon amie, je ne
pouvois m'empêcher d'avertir Madame d'Hautefort de prendre garde
à elle, & fa générofité naturelle
l'empêchoit toujours d'ajouter foi à
ce que je lui difois, ne pouvant
s'imaginer qu'une perfonne qu'elle
aimoit put commettre un crime dont
elle ne pouvoit pas feulement fouffrir la penfée ; auffi pour avoir jugé
par elle-même, elle fe trouva trompée, & n'en put jamais être perfua-

dée qu'après la mort de S. E. dans le cabinet duquel il se trouva dix-sept lettres, ou par le moyen de Madame de la Malaye, elle rendoit un compte fort éxact à S. E. de tout ce que Madame d'Hautefort lui avoit confié, tant de ce qui la concernoit en particulier, que de ce qui regardoit la Reine, laquelle envoya ces lettres à Madame d'Hautefort au Mans, & qui depuis ont été vuës de toute la France, & imprimées pendant les désordres de Paris.

Mr. le Cardinal étant mort le 2. Décembre 1642. le Roi tomba malade quelque temps après d'une maladie si violente qu'on crut qu'il n'en échapperoit point : on nous avertissoit de tout ce qui se passoit, & qu'il étoit nécessaire que Madame d'Hautefort se trouva auprès de la Reine, aussi-tôt que le Roi seroit mort ; c'est pourquoi nous crûmes qu'il ne falloit pas attendre cette

nouvelle pour partir. Nous vînmes
incognitò à Paris, nous y arrivâmes
exprès fort tard, de-peur de rencon-
trer des gens de connoiffance, ce
qui nous donna bien de la peine;
car tant de gens s'étoient rendus à
Paris à caufe du changement de ré-
gne qu'on croyoit fort proche, que
nous fûmes jufques à onze heures
du foir fans pouvoir trouver où
nous loger; nous trouvâmes enfin
une maifon garnie fur les foffés près
l'Hôtel de Condé, où nous vîmes
le lendemain matin force apparence d'un mauvais lieu. Nous y apprîmes en même temps que le Roi
fe portoit mieux, qu'il s'étoit fait
faire le poil, & qu'il jouoit de la
guittare, fi bien que nous reprîmes
auffi-tôt le chemin de Blois & de-là
à Saumur, d'où Madame d'Hautefort s'en retourna au Mans.

Quelque temps après nous eûmes
des avis certains que le Roi étoit
mort

mort le 14. Mai 1643. & auffi-tôt la Reine envoya du Tale à Madame d'Hautefort, avec ordre de me venir querir. J'allai trouver Madame d'Hautefort au Mans, & j'y rencontrai Gaboury qui étoit encore venu pour la hâter de partir.

Nous nous en allâmes tous à Paris où d'abord la Reine nous fit la meilleure réception du monde ; & comme je ne m'étois pas préfenté à elle dès le foir de notre arrivée, elle m'en fit reproche, & me demanda pourquoi je n'étois pas allé la voir en arrivant. Je m'en excufai fur ce que je n'étois pas habillé de deuil.

Après que je lui eus fait mon compliment, elle dit tout haut devant Meffieurs les Evêques de Beauvais & de Nantes, Mr. le Préfident de Bailleul, & plufieurs autres : *Voilà ce pauvre garçon qui a tant fouffert pour moi, & à qui je dois tout ce que je fuis à préfent.* Ce qu'elle

K

redit plusieurs fois & qu'elle n'auroit jamais de repos qu'elle ne m'eut
mis en état d'être satisfait d'elle.

Deux ou trois jours après elle
commença, en me disant qu'elle
avoit affaire auprès du Roi d'une
personne qui fut absolument à elle,
qu'elle avoit jetté les yeux sur moi,
& qu'elle croyoit que je ne lui man-
querois jamais ; après que je l'en eus
assuré, elle me dit qu'elle me donnoit cent mille livres pour acheter
de Beringhen la charge de premier
Valet de Chambre du Roi : après
l'avoir remercié, elle me dit que je
n'en demeurerois pas là, que je ne
me misse point en peine, & que je
la laissasse faire : je ne doute point
qu'elle ne m'eut tenu parole si elle
n'en eut été empêchée ; elle me témoigna être fort embarrassée de tant
de gens qui lui demandoient ; mais
qu'elle vouloit préférer ceux qui l'a-
voient servie aux autres ; à quoi je

luï répondis que dans toutes les affaires où elle feroit importunée, il
n'y avoit point d'autre moyen pour
s'en foulager que de faire juftice à
tout le monde : elle me dit qu'elle y
étoit bien réfoluë, & qu'elle feroit
grande différence entre les gens de
la folitude, & ceux de la multitude ;
cependant la multitude l'emporta
dans la fuite.

Il y avoit plufieurs brigues à la
Cour pour le gouvernement, celle
du Cardinal Mazarin, & celle de
Meffieurs de Beaufort & de Beauvais, entre lefquelles on ne fçavoit
celle qui prévaudroit ; ce qui m'engagea de dire à la Reine que comme j'étois à elle d'une maniere que
je voulois bien que tout le monde
fçut, je la fuppliois très-humblement de me dire laquelle de ces
brigues elle vouloit protéger, parce
que je ne fçavois quel parti prendre, & que je n'en voulois point

d'autre que le sien ; elle me répondit qu'elle avoit jetté les yeux sur le
Cardinal Mazarin, dont ensuite elle
me dit tous les biens imaginables,
ce qui me fit connoître que le choix
en étoit fait ; ainsi je la suppliai
de me donner sa connoissance, ce
qu'elle reçut fort bien , & dès le soir
même, S. E. étant avec elle en particulier dans son grand cabinet, S. M.
en sortit pour me dire que j'y entrasse , & que je lui disse mon nom.

Comme elle venoit de l'entretenir de tous les services que je lui
avois rendus , il m'embrassa à plusieurs reprises , & me dit qu'il sçavois l'estime que la Reine faisoit de
moi , qu'il avoit appris mes services , & que n'ayant point d'autre
dessein que de servir S. M. il seroit
ami de tous ses serviteurs , & le
mien particulierement , ce qu'il tâcha de me persuader par de belles
promesses: il me pria de le voir tous

les matins à quoi je ne manquai
guéres ; & si j'y manquois quelquefois, il m'en faisoit le soir des plaintes chez la Reine, & me disoit que
quand même il ne seroit pas éveillé, il vouloit que j'entrasse dans sa
chambre, & donna ordre à l'Abbé
Auvray, son Maître de Chambre, de
m'en laisser l'entrée libre à quelque
prix que ce fût, ce qui dura quelque temps avec une grande familiarité.

Depuis s'étant plaint à moi que
la Reine ne se faisoit pas assez res-
pecter de ses Domestiques & particulierement de ses femmes, il me
dit qu'il falloit que je le disse à Sa
Majesté & que je la portasse à vivre
d'une autre façon : je crus d'abord
qu'il vouloit éprouver par-là si j'a-
vois assez de crédit pour servir ou
pour desservir ; je lui répondis,
que la Reine étoit bonne, & qu'elle
avoit toujours vécu fort familiere-

ment avec fes Domeftiques, que c'étoit cette bonté qui faifoit qu'on la fervoit avec tant de paffion fans interêt, & qu'elle n'avoit point eu jufqu'à préfent d'autre monnoye pour payer fes ferviteurs. Il me dit qu'il ne falloit pas abufer de cette bonté, ce dont je demeurai d'accord. Nous nous féparâmes avec des fentimens bien contraires; car il me prit pour une bonne bête, & moi je ne le pris ni pour l'un ni pour l'autre : toutefois nous fûmes encore en bonne intelligence; car il n'étoit pas encore dans une affiette affez bien affermie pour ne pas craindre d'augmenter le nombre de fes ennemis.

Dans cet intervalle je fus en état de rendre fervice à mes amis; je fis revenir Mr. de la Berchere, comme je lui avois promis, je fis donner à Gaboury la charge que j'avois chez la Reine, j'obtins pour M. le Comte

de Montignac, frere de Madame
d'Hautefort, la charge de Capitaine
Lieutenant des Gendarmes de Monfieur, & je fis donner une place de
femme de chambre de la Reine, va-
cante par la mort de Madame de
Lingende, à Madame de la Mouffar-
diere, qui étoit à Madame d'Hautefort, laquelle me laiffa demander
toutes ces chofes parce qu'elle ne
vouloit pas avoir obligation à S. E.
elle ne lui demandoit rien, ce qui
faifoit que fes proches ne s'en trouvoient pas mieux.

A quelque temps de-là M. le Cardinal eut ombrage de Mademoifelle d'Ance, femme de chambre de
la Reine, laquelle entroit au Prie-
Dieu de S. M., & avoit grand part
en fa familiarité : il ne me la nomma
pas ; mais il me fit un fecond chapitre des femmes de la Reine en général, me difant qu'il falloit que je
diffe à la Reine qu'elle n'eut plus de

K 4

familiarité avec ſes femmes, & que
cela lui faiſoit tort ; que je ne me
miſſe pas en peine, & qu'il me main-
tiendroit bien. Je l'entendis fort bien,
& lui dis, que je lui avois promis
d'être ſon ſerviteur ; mais que je ſuppliois S. E. de ſe ſervir de moi dans
les choſes auſquelles j'étois propre,
qu'il étoit dans une place, où il trouveroit aſſez de gens diſpoſés à le ſervir en toutes choſes, que pour tout
ce que pourroit faire un homme de
bien, & un homme d'honneur, je le
ferois avec un grand zele, que pour
celles qu'il deſiroit actuellement de
moi, je les ferois ſi mal, & de ſi
mauvaiſe grace, qu'il n'en retireroit
jamais l'avantage qu'il ſouhaitoit ;
il me prit les mains, & me dit qu'il
m'en eſtimoit davantage ; mais avec
tout cela ce fut le commencement
de l'averſion qu'il eut depuis pour
moi, laquelle s'accrut à meſure qu'il
s'établit ſans l'eſprit de la Reine du-

quel devenu maître, il ne se soucia plus de personne.

Il s'en déclara un jour à l'Abbé de Beaumont, Précepteur du Roi, depuis Evêque de Rhodès & Archevêque de Paris, lequel lui donnoit un avis comme son serviteur, qui étoit que tout le monde se plaignoit de lui à cause de sa façon de donner, qu'il promettoit la même chose à cent personnes, & que ne la pouvant donner qu'à une seule, il en désobligeoit quatre-vingt-dix-neuf, & que même il n'obligeoit pas la centiéme à qui il la donnoit, à cause de la longueur du temps qu'il la faisoit attendre, ou à cause de ce qu'il éxigeoit de ceux à qui il donnoit : il répondit à M. de Beaumont *que les François s'accoûtument s'ils veulent à ma façon d'agir ; car je ne me veux pas accoûtumer à la leur ; quand j'aurai le Roi & la Reine pour moi, ils seront tous mes amis, & si je tom-*

K 5

bois dans leur difgrace, je n'aurois plus que faire d'eux, parce que je ne demeurerois pas en France, & fi j'y demeurois ceux que j'aurois le plus obligés feroient mes plus grands ennemis.

Tous les ferviteurs de la Reine s'apperçurent bien-tôt que leurs affaires n'iroient pas bien fous la conduite de ce nouveau Miniftre; & entr'autres Madame d'Hautefort qui avoit perdu fa fortune pour avoir trop aimé la Reine, fut la premiere à connoître cette vérité du Pfeaume: *Ne mettez point votre conflance dans les grands de la terre.* Car d'abord que nous fûmes arrivés de nos éxils, un foir ayant voulu entrer au Prie-Dieu de la Reine, comme elle faifoit autrefois, Madame d'Ance lui dit de la part de S. M. qu'elle fortit, & que la Reine ne vouloit perfonne avec elle à cette heure-là. Madame d'Hautefort me le dit auffi-tôt, &

qu'elle eut voulut être encore au
Mans ; cependant la Reine la traitoit bien encore à cela près.

Mr. le Cardinal cependant, pour
se faire des créatures à lui seul, &
pour empêcher que personne ne s'at-
tachât à la Reine, fit ce qu'il put
pour détruire peu-à-peu dans l'esprit de S. M. tous ceux & celles qui
l'avoient le mieux servie : de leur
côté ils tâchoient de continuer leurs
services & de remontrer à Sa Majesté qu'elle perdoit tous ses serviteurs en préférant un étranger à tant
d'honnêtes-gens, & que les con-
férences particulieres qu'elle avoit
avec lui serviroient de prétexte à ses
ennemis pour donner atteinte à sa
réputation. Un jour comme Madame d'Hautefort lui disoit que M. le
Cardinal étoit encore bien jeune,
pour qu'il ne se fit point de mauvais
discours d'elle & de lui, S. M. lui
répondit qu'il n'aimoit pas les fem-

mes, qu'il étoit d'un pays à avoir des inclinations d'une autre nature.

La grande paſſion qu'avoit Madame d'Hautefort pour la conſervation de la réputation de la Reine, n'avançoit pas ſes affaires en lui diſant tout ce qu'elle ſçavoit, & moi qui ne pouvois me défaire de cet attachement & de cette fidélité que j'avois toûjours eu pour elle, je n'en faiſois pas mieux les miennes ; car au commencement de la Régence la Reine m'ayant commandé de l'avertir de tout ce que je ſçavois, qu'elle ſe fioit en moi, & que je ne craigniſſe rien, je crus qu'elle entendoit par-là que je lui dirois bonnement tout ce qu'on diroit d'elle, pour s'en inſtruire & ſe corriger ; mais comme ſon deſſein n'étoit autre ſinon que je révélerois ceux qui blâmoient ſa conduite, & que j'aurois une complaiſance aveugle, nous ne nous entendîmes point ; de ſorte que je

ne la fervois pas felon fon intention, mais bien felon la mienne, qui
étoit de la fervir véritablement.

Un jour après que le Confeil fut
fini, j'entrai dans le cabinet des Livres au Louvre où il fe tenoit, & je
trouvai la Reine prefque feule, car
il n'y avoit avec elle que M. de Gui-
raut, Capitaine de fes Gardes, &
Mademoifelle de Siffredi, l'une de
fes femmes de chambre. Dès que
S. M. me vit, elle m'appella à fon
ordinaire, & me demanda ce qu'on
difoit : Suivant le commandement
qu'elle m'avoit fait, je lui parlai librement, & peut-être un peu trop :
je lui répondis que j'étois fort trifte,
& que je ne fçavois ce que je lui
devois dire, qu'en ne lui difant
rien je n'obéïffois pas à fes ordres,
& qu'en lui rapportant les bruits
communs, je me mettois au hazard
de lui déplaire. Elle me repartit
qu'elle vouloit abfolument que je

lui diſſe toutes ces choſes , & qu'elle
me le commandoit. Je lui dis donc
que tout le monde parloit d'elle , &
de S. E. d'une maniere qui la devoit
faire ſonger à elle ; que ſa vertu
l'avoit miſe où elle étoit , que ſa
bonne réputation l'avoit défendue
de ſes ennemis , qu'elle avoit ſçu
conſoler toute la France de la mort
du feu Roi , qu'elle avoit vû elle-
même tout Paris aller au - devant
d'elle juſqu'à St. Germain avec des
acclamation qui lui faiſoient bien
voir avec quelle ſatisfaction elle étoit
reçuë pour Régente , avant même
que le Parlement l'eût déclarée ; que
ſi une fois elle ne répondoit pas à ce
qu'on attendoit d'elle , & qu'elle
donnât ſujet à ſes ennemis de la dé-
crier , elle verroit bien-tôt un grand
changement non-ſeulement dans les
eſprits , mais dans les affaires. Elle
me demanda qui m'avoit dit cela.
Je lui dis , tout le monde , & que

cela étoit si commun qu'on ne parloit d'autre chose. Elle devint rouge, & se mit fort en colere disant
que c'étoit M. le Prince qui la dé-
crioit, & faisoit courir ces bruits,
que c'étoit un méchant homme : Je
lui repliquai que puisqu'elle avoit
des ennemis, elle devoit bien prendre garde de leur donner sujet de
parler : à quoi elle repartit que
quand on ne faisoit point de mal,
on ne devoit rien craindre : Je lui
répondis, que ce n'étoit pas assez,
& qu'il falloit garder les apparences, parce que le public ne s'arrête
pas à ce qui est, mais à ce qu'on
dit. Après avoir bien battu la vitre
avec son éventail, elle s'appaisa un
peu, & je pris sujet de lui dire
qu'elle avoit un exemple bien récent
pour sa conduite, sçavoir, celui de
la Reine mere Marie de Médicis,
& du Maréchal d'Ancre, & que les
fautes qu'elle avoit faites, la de-

voient inftruire pour les éviter.
Quelles fautes, me dit-elle? *D'avoir
fait mal parler d'elle, & de cet Italien*, lui répondis-je, *d'avoir abandonné dans fa profperité ceux qui l'a-
voient fervi dans fa premiere difgrace, ce qui avoit été caufe qu'à la feconde, elle avoit été abandonnée de tout
le monde, ou affiftée fort foiblement:
qu'elle n'avoit point eu foin dans fa
profperité de s'affurer de bonnes Places,
ou ports de mer, ou frontieres, ni fait
provifion d'argent, & qu'enfin elle étoit
morte de faim.* Elle me dit, qu'elle y
donnoit bon ordre, & qu'elle ne
craignoit pas de manquer, parcequ'elle ne fe départiroit jamais du
fervice du Roi. Je lui dis alors que,
puifqu'elle fe chagrinoit je ne l'aver-
tirois plus de rien: elle me repliqua
que ce n'étoit pas contre moi, &
qu'elle vouloit que je continuaffe à
lui faire fçavoir toutes chofes. Là-
deffus il entra quelqu'un qui finit le
dialogue.

Je ne fus pas le seul qui donnai cet avis à la Reine, & qui lui rapportai l'exemple de la feu Reine mere. Mr. Cottignon, pere de mon épouse que j'introduisis un jour dans la chambre de S. M. suivant la franchise de son naturel, lui dit la chose devant le monde, & avec bien moins de réserve; ce qui arriva sur ce que la Reine lui ayant dit que si la défunte Reine l'avoit voulu croire, elle auroit évité tous les malheurs qui l'avoient accablé : M.Cottignon lui repliqua librement, *il est vrai*, Madame ; *mais vous êtes toutes faites comme cela, si vous vouliez vous jetter par la fenêtre, il ne seroit pas permis de vous retenir par votre robe, il faut vous laisser noyer.*

Comme je voyois que tous ces discours fâchoient la Reine, j'essayai de la détromper par une autre voye, & plus libre, & moins dangereuse : j'écrivis une lettre où je marquai généralement tous les bruits qu'on faifoit courir d'elle, ce qu'elle devoit faire pour les détruire, & les chofes que je prévoyois devoir arriver fi elle n'y donnoit ordre. L'ayant fait copier d'une autre main, je la mis dans fon lit, où elle la trouva en fe couchant : elle fe mit fort en colere après l'avoir lûë, ce qu'elle me fit paroître le lendemain matin, en me la montrant, fans pourtant me permettre de la lire; mais cette voye ne réüffit pas mieux que les autres.

Il y avoit encore quelqu'efpérance que les chofes pourroient changer par le retour de Madame de Chevreufe ; mais Mr. le Cardinal craignant fon efprit, prévint celui de la Reine contr'elle, & l'engagea de vivre avec elle d'une maniere plus réfervée que par le paffé ; c'eft pourquoi Sa Majefté étoit réfoluë de m'envoyer au-devant d'elle pour lui dire qu'elle changeât d'humeur, parce qu'elle-même en avoit changé ; mais M. le Cardinal ne me croyant pas assez dans ses interêts pour lui inspirer les sentimens qu'il vouloit, choisit Montaigu à ma place pour faire cette commission. A son arrivée Madame de Chevreuse se trouva aussi étonnée que les autres ; car elle ne trouva aucun reste de cette grande amitié du temps passé ; ce qui lui fit prendre le parti des Importans, dont Mr. de Beaufort autrefois de ses amis étoit le chef.

Je ne rapporterai point toutes les intrigues que firent les différens partis pour se détruire les uns les autres. Je me contenterai de dire que celui de M. de Beaufort succomba, & qu'il fut pris, par ce, dit-on, que Mr. le Cardinal eut soupçon qu'il avoit des desseins un peu violens contre sa personne : voici comment il fut arrêté,

J'étois dans le cabinet de la Reine, où étoit Sa Majesté, Son Eminence, Madame & Mademoiselle de Chevreuse, Madame d'Hautefort, M. de Beaufort, & M. de Guitaut; la Reine & M. le Cardinal sortirent pour aller dans une petite chambre qu'elle avoit prise du logement du Roi, qu'on appelloit la chambre grise, aussi-tôt M. de Guitaut s'approcha de M. de Beaufort qui parloit à ces Dames, & lui dit tout bas qu'il avoit ordre de la Reine de s'assurer de sa personne : Mr. de Beaufort redit tout haut à ces Dames ce que M. de Guitaut lui avoit dit, & sortit en même temps ; il coucha cette nuit dans le Louvre, & le lendemain fut mené à Vincennes.

Ce fût-là une grande marque du pouvoir de S. E. qui jetta dans le désespoir tous ceux qui n'étoient pas de son parti, & tous les véritables serviteurs de la Reine, Mais peu

après il arriva des chofes non-feulement difficiles à croire , mais même
à imaginer.

Dès le lendemain Madame de
Chevreufe eut ordre d'aller à Dam-
pierre ; mais la Reine craignant qu'à
caufe de la proximité de ce lieu plufieurs perfonnes ne l'allaffent voir ,
m'envoya lui porter un fecond ordre
d'aller à Tours.

La violence qu'on fit à la Reine
pour venir à ces extrémités , & la liberté que chacun fe donnoit de cen-
furer fes actions , lui cauferent tant
d'affliction qu'elle en eut la jau-
niffe , de quoi cette Princeffe n'étoit
point tant à plaindre que de ce
qu'elle entretenoit elle-même la caufe de fon mal. Ses ferviteurs qui la
voyoient courir à fa perte eurent recours à Madame d'Hautefort , parce
qu'il n'y avoit perfonne à la Cour
qui dût être mieux dans fon efprit
qu'elle , tant par fes fervices que par

fa vertu : Madame de Seneçay fut
de ce nombre & beaucoup d'autres
qui étoient bien aifes qu'elle cafsât
la glace, & dit librement toutes chofes à la Reine.

Elle qui n'en difoit que trop pour
le peu que cela fervoit, fe piquant
de générofité, voulut fervir la Reine en dépit d'elle, ce qui peu-à-
peu la fit appréhender à la Reine,
qui enfuite la prit en telle averfion
qu'elle ne la pouvoit plus fouffrir;
& comme Mad. d'Hautefort n'avoit
point de défauts par où elle put
donner prife fur elle, S. M. prit occafion de fe moquer d'elle, de ce
qu'elle s'amufoit à ramaffer tous les
écrits du temps, & voulut par ce
moyen la tourner en ridicule devant
tout le monde. Madame d'Hautefort s'appercevant que la froideur de
la Reine augmentoit, fe retint autant que la paffion qu'elle avoit pour
fon fervice le pouvoit permettre ;

mais comme S. M. vit qu'elle ne lui
difoit plus rien du Cardinal, elle
crut qu'elle en parloit à tout le
monde, & qu'il n'y avoit plus d'en-
tretien à la Cour qui ne fut à fes
dépens ; en voici une preuve bien
certaine.

Un foir pendant l'hyver de 1644.
Gaboury & moi, nous nous chauf-
fions dans fon cabinet, ou Madame
d'Hautefort arrivant fe chauffa auffi,
& après avoir bien chauffé fa jupe ;
fe la fourra entre les jambes, ce qui
nous fit rire ; la Reine entra en même temps qui nous voyant rire,
crut que c'étoit d'elle, puifque nous
avions ceffé de rire à fon arrivée.

Quelques jours après un Gentil-
homme-fervant de la Reine nommé
du Nedo, de Bretagne, ayant prié
Madame d'Hautefort de demander
quelque chofe pour lui à S. M. elle
fe chargea volontiers de fon Placet,
tant elle avoit de plaifir à obliger

tous ceux qu'elle pouvoit ; si bien
que le soir au couché de la Reine,
elle lui présenta ce Placet que S. M.
refusa, disant que d'autres personnes avoient demandé la même chose ; Madame d'Hautefort insista fort
pour ce Gentilhomme ; en sorte que
la Reine qui ne cherchoit qu'un
prétexte, la querella, & la chose
alla si loin que le lendemain au matin elle eut ordre de se retirer, au
grand étonnement de toute la Cour
& de toute la France ; & quand la
Reine l'a vûë depuis, après son
mariage avec Mr. de Schomberg,
ç'a toujours été d'une maniere fort
froide.

On crut d'abord que je serois
aussi chassé parce que l'on voyoit
que la Reine me faisoit froid, & ne
me parloit plus à son ordinaire :
je laissai passer huit ou dix jours,
sans dire mot, attendant toujours
qu'elle me parlât ; mais comme je
vis

vis qu'elle continuoit son froid sans
me rien dire, je pris mon temps pour
lui demander si j'avois été assez malheureux pour lui avoir déplu ? Et que
si cela étoit, je ne sçavois pas en quoi;
qu'il y avoit long - temps que je
m'éxaminois, & que je ne me trou-
vois coupable de rien. Elle me répondit que je ne devois pas trouver
étrange qu'elle me fit froid, puisque j'étois plus à Madame d'Hautefort qu'à elle. Je ne pus m'empêcher de crier contre cela ; & comme je voulois dire mes raisons, elle
m'interrompit en me disant que depuis que Madame d'Hautefort étoit
hors de la Cour, il sembloit que
j'étois mort, & que j'étois si triste,
qu'il étoit bien aisé de voir que ses
interêts me touchoient plus que les
siens. Je lui dis qu'il étoit vrai que
j'étois triste, que j'avois bien sujet
de l'être ; & que la disgrace de Madame d'Hautefort m'avoit si sensi-

L

blement touché que je ne m'en pouvois remettre : *On le voit bien*, me dit-elle : *oui, Madame*, lui répondis-je, *j'en suis touché ; mais c'est plus pour votre interêt que pour le sien. Si V. M. sçavoit le tort que lui fait cette disgrace, elle ne regarderoit point comme ses serviteurs, ceux qui n'en sont pas touchés ; oüi, Madame, ajoûtai-je, il faut que Votre Majesté sçache que toute la terre la blâme d'avoir éloignée d'elle une personne d'un tel mérite, & qui vous a si bien servie, & cela sans autre sujet, que d'avoir trop de passion pour Votre Majesté : Qui le sçait mieux que moi ? Tu sçais bien*, me repliqua-t'elle, *qu'il y a long-temps qu'elle se moque de moi, & qu'elle en fait des contes à tout le monde, & tu es assez bien avec elle pour qu'elle ne t'ait pas celé ce qu'elle a dit à tant d'autres, & tu ne m'en a pas averti.* Je lui protestai que je ne lui avois jamais entendu dire aucune chose dont elle se put offenser, & que si je lui avois dit tout ce que je lui avois entendu dire, elle auroit été obligée de lui vouloir plus de bien qu'elle ne lui vouloit de mal : Elle me dit que cela étoit fort bon si elle ne l'avoit pas vû elle-même se moquer, & lui rire au nez de tout ce qu'elle disoit : *Tu sçais bien*, ajouta-t-elle, *& si tu voulois avoüer la vérité, tu demeurerois d'accord que dernierement, quand je vous trouvai elle, Gaboury, & toi dans mon cabinet, vous riez de moi ; car lorsque j'entrai je vous trouvai tous interdits.* Je ne pus m'empêcher de lui dire qu'il étoit bien étrange, qu'elle eut cette opinion, & qu'il n'y avoit qu'elle en France qui put croire que S. M. put donner des sujets de risée & de moquerie, & que s'il y avoit des gens assez impertinens pour cela, je n'étois pas homme à le souffrir, bien loin d'être du nombre. *Il est vrai,*

Madame, ajoûtai-je, *que je suis ser-*
viteur de Madame d'Hautefort, &
V. M. elle-même m'a dit plusieurs fois,
que je lui avois obligation. Mais, me
repliqua-t-elle, *si elle vous a procuré*
du bien, c'est moi qui vous l'ai fait : il
est vrai, Madame, lui répondis-je,
tout le monde le sçait, & s'il falloit pren-
dre parti, V. M. ne me verroit pas
balancer, & je ne crains pas qu'elle ait
jamais sujet de m'accuser d'ingratitu-
de. Mais pourtant, me dit-elle, *des*
gens à qui je ne me fiois pas tant qu'à
toi, m'ont avertis de bien des choses
que tu sçavois aussi bien qu'eux. Est-il
possible, lui repartis-je, *que Votre*
Majesté croye tout ce que l'on dit ?
Ne sçait-elle pas bien qu'une partie du
monde fait sa cour aux dépens de l'au-
tre ? Et dès que qu'on voit une personne
mal à la Cour, tous les officieux lui
donnent à dos, non pas par complaisan-
ce & pour l'amour de vous, mais pour
l'amour d'eux-mêmes. Je supplie très-

humblement *V. M.* de croire que je ne céde point à ces gens-là ni en fidélité, ni en affection ; mais avec tout cela je ne sçaurois être son serviteur qu'autant que mon honneur, & ma conscience me le permettent, & je ne crois pas qu'elle voulut que je me damnasse en la servant. *Jesus nenni*, me répondit-elle : *Que V. M. s'assure donc*, lui repliquai-je, *que je la servirai bien, non pas à la façon de ces gens-là, qui vous en ont tant dit, & je m'assure, si V. M. me veut dire la vérité, que lorsqu'ils lui ont fait tous ces contes, ils l'ont priée de ne les pas nommer.* A cela elle se prit à sourire un peu, ce qui me fit croire que j'avois deviné. *Enfin Madame*, lui dis-je, *si V. M. veut que je la serve en ruinant des gens pour faire ma fortune, j'y renonce de bon cœur, & j'aime mieux qu'elle me renvoye à la Bastille, d'où elle m'a tiré, que d'être à la Cour à cette condition : qu'elle ne croye pas*

pour tout cela que je refuse de la ser-
vir, & de lui donner des avis quand
l'occasion s'en présentera; mais s'il se
trouve des gens qui disent ou fassent des
choses contre votre service, je ne vous
prierai pas de ne me point nommer,
car je le leur soutiendrai à eux-mêmes.

Après cette grande conférence la
Reine me commanda d'aller trouver
Son Eminence, & de lui rapporter
tout ce que je lui avois dit. Je le fus
trouver chez lui à Paris, ou après
que je lui eus dit à-peu-près les
mêmes choses qu'à la Reine, il me
témoigna être satisfait de moi; mais
que Madame d'Hautefort avoit eu
tort de manquer de complaisance
pour la Reine, & qu'elle avoit l'efprit altier: à quoi je répondis qu'elle
étoit gasconne, & qu'il devoit ex-
cuser cela, puisqu'au fond elle étoit
la meilleure personne du monde.
Je ne me suis point mêlé de cela, me
dit-il; *mais aussi je ne me suis point*

mêlé de la défendre ; car elle n'a jamais voulu être de nos amies. Là-dessus il entra du monde qui m'obligea à la retraite, &, depuis ce temps-là, ses affaires allerent toujours de bien en mieux, & les nôtres de mal en pis.

A quelque temps de-là, pendant l'Eté de l'année 1644. la Cour étant à Foutainebleau, il me donna un trait de sa politique. Se promenant dans le jardin de la Valiere, il m'appella, & me demanda ce que faisoit Madame d'Hautefort : je lui dis que je croyois qu'elle prioit Dieu, & que je ne lui voyois point d'autre recours : il me dit qu'il n'y avoit rien de defesperé, & que son accommodement dépendoit de sa conduite. C'étoit sa façon d'agir ; car il n'a jamais poussé personne à bout, qu'en même temps, il ne lui ait donné des espérances, pour l'empêcher de se porter aux extrémités contre lui.

L'an 1645. après que le Roi fut
tiré des mains des femmes, que le
Gouverneur, le Sous-Gouverneur,
les premiers Valets de chambre en-
trèrent dans les fonctions de leurs
charges, je fus le premier qui cou-
chai dans la chambre de S. M. ce
qui l'étonna d'abord ne voyant plus
de femmes auprès de lui ; mais ce
qui lui fit le plus de peine étoit que
je ne pouvois lui fournir des contes
de peau d'ane avec lesquels les femmes avoient coûtume de l'endormir.

Je le dis un jour à la Reine, &
que si S. M. l'avoit agréable, je lui
lirois quelque bon livre ; que s'il
s'endormoit, à la bonne heure ;
mais que s'il ne s'endormoit pas,
il pouvoit retenir quelque chose de
la lecture. Elle me demanda quel
livre : je lui dis que je croyois qu'on
ne pouvoit lui en lire un meilleur
que l'Histoire de France ; que je lui
ferois remarquer les Rois vicieux

pour lui donner de l'averſion du vice, & les vertueux pour lui don-donner de l'émulation, & l'envie de les imiter. La Reine le trouva fort bon ; & je dois ce témoignage à la vérité, que d'elle - même elle s'eſt toûjours portée au bien, quand ſon eſprit n'a point été prévenu. Mr. de Beaumont me donna l'hiſtoire faite par Mezerai, que je liſois tous les ſoirs d'un ton de conte ; en ſorte que le Roi y prenoit plaiſir, & pro-mettoit bien de reſſembler aux plus généreux de ſes Ancêtres, ſe met-tant fort en colere lorſqu'on lui di-ſoit qu'il ſeroit un ſecond Louis le fainéant ; car bien ſouvent je lui faiſois la guerre ſur ſes défauts, ainſi que la Reine me l'avoit com-mandé.

Un jour à Ruel ayant remarqué qu'en tous ſes jeux il faiſoit le per-ſonnage de valet, je me mis dans ſon fauteuil, & me couvris, ce qu'il trouva si mauvais qu'il alla s'en plaindre à la Reine, ce que je souhaitois; aussi-tôt elle me fit appeller, & me demanda en souriant pourquoi je m'asseyois dans la chambre du Roi, & me couvrois en sa présence: je lui dis que puisque le Roi faisoit mon métier, il étoit raisonnable que je fisse le sien, & que je ne perdrois rien au change; qu'il faisoit toûjours le valet dans ses divertissemens, & que c'étoit un mauvais préjugé. La Reine qu'on n'avoit pas encore prévenuë là-dessus, lui en fit une rude reprimande.

Quant à la lecture de l'histoire, elle ne plut point à M. le Cardinal; car un soir à Fontainebleau le Roi étant couché, & moi deshabillé en robe de chambre, lui lisant l'Histoire de Hugues Capet, Son Eminence pour éviter le monde qui l'attendoit, vint passer dans la chambre du Roi pour de-là descen-

dre dans le jardin de la Valiere,
& aller à la Conciergerie où il logeoit : il vint dans le baluſtre, où il
vit le Roi qui fit ſemblant de dormir dès qu'il l'apperçût, & me demanda quel livre je liſois ; je lui dis
ingénument que je liſois l'Hiſtoire
de France à cauſe de la peine que le
Roi avoit à s'endormir, ſi on ne lui
faiſoit quelque conte ; il partit fort
bruſquement ſans approuver ce que
je faiſois, & n'oſant le blâmer, il
voulut me laiſſer à deviner le ſujet
de ſon bruſque départ. Il dit à ſon
coucher à ſes familiers que je faiſois
le Gouverneur du Roi, & que je lui
apprenois l'Hiſtoire. Le lendemain
un de mes amis qui en avoit ouï
parler, me dit en paſſant auprès de
moi : *Chez S. E. vous ne fûtes pas
bon Courtiſan hier au ſoir. Je vous
entends-bien*, lui dis-je ; *mais je ne
ſçaurois faire autrement, tant que je
vivrai j'irai droit, & je ferai mon*

L 6

devoir tant que je pourrai; pour l'évé-
nement je ne m'en mets pas en peine,
car il dépend de Dieu.

Il étoit aisé dès ce temps-là, de
connoître l'intention de *Mr. le Sur-*
intendant de l'éducation du Roi; car
il étoit couché avec ce titre sur l'état
de la Maison du Roi; mais malgré
cela, je ne laissai pas de dire à la
Reine à quelque temps de-là, voyant
le peu de soin qu'on prenoit d'en
faire un honnête-homme, qu'autrefois elle m'avoit fait l'honneur de
me dire, lorsqu'elle s'emportoit contre les défauts du feu Roi, que si jamais Dieu lui faisoit la grace d'avoir
des enfans, elle les feroit bien élever
d'une autre maniere qu'il ne l'avoit
été; & que S. M. en ayant présente-
ment, elle y devoit songer sérieuse-
ment, & qu'elle auroit toûjours meilleur marché d'un honnête-homme
que d'un autre. Elle me dit pour
cette fois, qu'elle n'y oublieroit rien

Je me retirai en difant en moi-même
Dieu le veuille.

Comme le Roi croiffoit, le foin
qu'on prenoit de fon éducation
croiffoit auffi, & l'on mettoit des
efpions auprès de fa perfonne, non
pas à la vérité de crainte qu'on ne
l'entretint de mauvaifes chofes ;
mais bien de peur qu'on ne lui inf-
pirât de bons fentimens ; car en ce
temps-là le plus grand crime dont
on pût fe rendre coupable, étoit de
faire entendre au Roi qu'il n'étoit
juftement le maître qu'autant qu'il
s'en rendroit digne : les bons livres
étoient auffi fufpects dans fon cabinet
que les gens de bien, & ce beau Ca-
théchifme Royal de M. Godeau n'y
fut pasplutôt qu'il difparut fans qu'on
pût fçavoir ce qu'il étoit devenu.

M. de Beaumont, Précepteur de
S. M. prenoit cependant grand foin
de l'inftruire, & je puis dire avec
vérité, qu'à toutes les leçons où

j'étois préfent, j'étois témoin qu'il n'obmettoit rien de ce qui dépendoit de fa charge ; mais ceux qui étoient auprès de fa perfonne, ou toûjours à fa fuite, au lieu de lui faire pratiquer les préceptes qu'il avoit reçus, s'amufoient à jouer, ou à épier ceux qui l'entretenoient, ou à folliciter leurs affaires. Je ne prétends pas comprendre en ce nombre Mr. du Mont un de fes Sous-Gouverneurs ; car il y faifoit tout ce qu'un fage Gentilhomme y pouvoit faire ; mais il y étoit de la main du Roi, ce qui lui étoit un péché originel, fi confidérable qu'on ne lui fçavoit aucun gré de tous fes foins, & bien éloigné d'en être récompenfé, il ne pouvoit être payé de fes appointemens, que les autres recevoient fans peine.

On ne donna point d'enfans d'honneur au Roi, comme les autres Rois en avoient toûjours eu dans leur en-

fance ; la raifon apparente étoit que
les enfans ne difent que des bagatelles , & que des gens en âge de
difcrétion le rendroient raifonnable
dès fon bas âge , ce qui fut approu-
vé de tout le monde ; mais ceux qui
voyoient un peu plus clair que le
commun entendirent bien le fecret
de l'affaire ; des enfans fans difcrétion & defquels on n'eût pû fe plaindre euffent pu dire au Roi qu'il étoit
le maître, & qu'il falloit qu'il le fut :
outre cela , ils n'auroient pas rendu compte de tout ce qui fe feroit
paffé entre le Roi & eux , comme
faifoient ces gens fages & difcrets
dont le but étoit de faire les affaires
fans fe foucier que la France eut un
grand Roi , pourvû que leur fortune ne fut point petite. Nonobftant
tous les foins de ces furveillans , je
ne laiffois pas de frapper de petits
coups , fi à propos, dans les heures
où je n'étois obfervé de perfonne.

que le Roi avoit conçu la plus forte
averfion contre le Cardinal, & qu'il
ne le pouvoit fouffrir ni lui, ni les
fiens.

Lorfque le Roi fe couche, le premier valet de chambre donne par
ordre de S. M. un bougeoir avec
deux bougies allumées, à celui qu'il
plaît au Roi qui demeure à fon coucher, & le Roi me défendoit toûjours de le donner à M. de Manci-
ni, qui fut tué depuis au combat
du Fauxbourg St. Antoine, tant il
avoit de peine à fouffrir auprès de
lui ceux qui appartenoient à S. E.

Un jour à Compiegne le Roi
voyant paffer S. E. avec beaucoup
de fuite fur la terraffe du Château,
il ne put s'empêcher de dire affez
haut pour que le Pleffis, Gentilhomme de la Manche, l'entendit: *Voilà le
grand Turc qui paffe.* Le Pleffis le dit
à S. E. & S. E. à la Reine qui le
preffa autant qu'elle put de lui dire

qui lui avoit dit cela ; mais il ne le
voulut jamais nommer ; car tantôt il
difoit que c'étoit un roufleau, tantôt
un homme blond : enfin la Reine fe
fâcha tout-à-fait ; mais il tint ferme
jufqu'à la fin, & ne nomma jamais
celui qui avoit donné le nom de
grand Turc au Cardinal, auffi crois-
je qu'il avoit eu cette penfée de lui-
même.

Il eft vrai qu'il étoit déja fort fecret, & je puis dire y avoir contri-
bué ; car je lui ai dit plufieurs fois
pour l'y préparer qu'il falloit qu'il
fut fecret, & que fi jamais il venoit
à dire ce qu'on lui auroit dit, il
pouvoit s'affurer qu'il ne fçauroit
jamais rien que les nouvelles de la
Gazette.

Voici encore une marque de l'a-
verfion que le Roi avoit pour le
Cardinal : étant à St. Germain pendant les troubles de Paris, comme
S. M. étoit à fa chaife d'affaires,

dans un petit cabinet au vieux Château, M. de Chamarante un de mes
camarades que le Cardinal avoit
mis en cette charge, entra dans le
cabinet & dit au Roi, que S. E.
fortant de chez la Reine étoit entré
dans fa chambre pour être à fon
coucher, ce qui étoit une chofe extraordinaire : le Roi ne répondit aucun mot. Chamarante fut fort étonné de ce filence, & comme il n'y
avoit auprès de S. M. que Mr. du
Mont fon Gouverneur, un garçon
de la chambre & moi, il nous regarda tous les uns après les autres.
La crainte que j'eus qu'il ne m'en
crut la caufe, m'obligea de dire au
Roi que s'il ne faifoit rien, il devoit s'aller coucher puifque S. E.
l'attendoit. Il ne me répondit non-
plus qu'à Chamarante & demeura
jufqu'à ce que fon Eminence s'en-
nuya, & s'en alla par le petit degré
qui defcend au corridor. Comme il

s'en alloit, les éperons & les épées
de tous ceux de sa suite firent grand
bruit dans ce petit degré, ce qui
obligea le Roi de parler, & de nous
dire en regardant si Chamarante y
étoit encore : *Il fait grand bruit où
il passe, je crois qu'il y a plus de 500
personnes à sa suite.* Nous fîmes tout
ce que nous pûmes pour lui persuader que ce bruit venoit de la con-
cavité du degré.

Quelques jours après, au même
lieu, & à la même heure, le Roi revenant de ce cabinet pour s'aller
coucher, & ayant vû un Gentilhomme de M. le Cardinal nommé Bois-
fermé dans ce passage, il nous dit à
M. de Nyert premier valet de chambre & à moi: *M. le Cardinal est encore chez Maman ; car j'ai vû Boisfer-
mé dans le passage, l'attend-il toûjours
comme cela ?* Nyert lui dit qu'oüi,
qu'il y en avoit encore un dans le
degré, & deux dans le corridor.

Il y en a donc d'enjambées en emjam-
bées, répondit-il, avec une mine qui
marquoit fon averfion.

Quoique le Cardinal eut grand
foin qu'on ne dit rien au Roi qui
lui pût nuire auprès de lui, je ne
laiffois pas, le plus adroitement que
je pouvois, d'entretenir fon efprit
dans les difpofitions où je le voyois
à l'égard de S. E. & quoique je ne
fuffe plus bien avec lui, il me fouf-
froit néanmoins, ne craignant pas
que je lui pus faire tort parce que le
Roi étoit fort jeune ; & , par cette
même raifon, il ne prenoit aucun foin
de contenter S. M. en quoique ce fût,
& le laiffoit manquer non-feulement
des chofes qui regardoient fon diver-
tiffement, mais encoredes néceffaires.

La coûtume eft que l'on donne
au Roi tous les ans douze paires de
draps, & deux robbes de chambre,
une d'été, & l'autre d'hyver ; néanmoins je lui ai vû fervir fix paires

de draps, trois ans entiers, & une robbe de chambre de velours vert doublée de petit gris fervir Hyver & Eté pendant le même temps, en forte que la derniere année, elle ne lui venoit qu'à la moitié des jambes; & pour les draps, ils étoient fi ufés que je l'ai trouvé plufieurs fois les jambes paffées au travers, a cru fur le matelas, & toutes les autres chofes alloient de la même forte, pendant que les Partifans étoient dans la plus grande opulence & dans une abondance étonnante.

Un jour le Roi voulant s'aller baigner à Conflans, je donnai les ordres accoûtumés pour cela : on fit venir un carroffe pour nous conduire avec les hardes de la chambre, & de la garderobe; & comme j'y voulus monter, je m'apperçus que tout le cuir des portieres qui couvroient les jambes, étoit emporté, & tout le refte du carroffe tellement

ufé, qu'il eut bien de la peine à faire
ce voyage : je montai chez le Roi qui
étudioit dans fon cabinet ; je lui dis
l'état de fes carroffes , & que l'on
fe moqueroit de nous fi on nous y
voyoit aller : il le voulut voir , & en
rougit de colere : le foir , il s'en
plaignit à la Reine , à S. E. & à
M. de Maifons alors Surintendant
des Finances ; en forte qu'il eut cinq
carroffes neufs.

Je ne finirois point fi je voulois
rapporter toutes les mefquineries qui
fe pratiquoient dans les chofes qui
regardoient fon fervice ; car les efprits de ceux qui devoient avoir
foin de S. M. étoient fi occupés à
leurs plaifirs , ou à leurs affaires ,
qu'ils fe trouvoient importunés ,
lorfqu'on les avertiffoit de leur devoir.

M. de Beaumont difant un jour
à S. E. que le Roi ne s'appliquoit
point à l'étude, qu'il devoit y em-

ployer son autorité, & lui en faire des reprimandes, parce qu'il étoit à craindre, qu'un jour il ne fit de même dans les grandes affaires ; il lui répondit, *ne vous mettez pas en peine, reposez-vous-en sur moi, il n'en sçaura que trop ; car quand il vient au Conseil, il me fait cent questions sur la chose dont il s'agit.*

Ce qui nuisoit encore beaucoup à l'instruction du Roi, c'est que ses véritables serviteurs, ne lui laissant rien passer, cela lui faisoit une peine extrême, ce qui n'est que trop ordinaire à tous les enfans ; de sorte qu'il demeuroit chez lui le moins qu'il pouvoit, & qu'il étoit toûjours chez la Reine où tout le monde l'applaudissoit, & où il n'éprouvoit jamais de contradiction.

La Reine étoit fort aise qu'il se plût chez elle ; mais elle ne s'appercevoit pas que c'étoit plutôt pour les raisons que je viens de dire,

que par affection, quoiqu'il en ait
toûjours eû beaucoup pour la Reine,
& beaucoup plus même que les enfans de cette condition n'ont accoû-
tumé d'en avoir pour leur mere.

Je dis un jour à la Reine qu'elle
le gâtoit ; que chez lui on ne lui
souffroit rien, & que chez elle tout
lui étoit permis ; que je la suppliois
très-humblement encore une fois de
se souvenir qu'elle avoit dit autrefois que si Dieu lui faisoit la grace
d'avoir des enfans, elle les feroit
bien mieux élever, que n'avoit été
le feu Roi : à cela elle me demanda
si M. de Villeroi ne s'en acquittoit
pas bien ; je lui dis que je croyois
que tout le monde faisoit son devoir, mais qu'elle y avoit le principal interêt ; elle me commanda de
lui dire si ceux qui étoient auprès
de lui pour son éducation ne s'en
acquittoient pas bien ; & qu'en mon
particulier, je lui dis tout ce que je
croyois

croyois à propos, comme fi c'étoit mon fils. Je lui dis que je m'attirerois la haine de la plûpart de ceux qui étoient auprès du Roi ; à quoi elle ne me donna d'autre remede, fi-non que je leur diffe qu'elle me l'avoit commandé. Il n'y en avoit pourtant pas un qui s'offensât de ce que je difois au Roi ; car ils fçavoient bien tous que celui qui en faifoit le plus n'en faifoit pas mieux fa cour.

Il arriva même plufieurs fois qu'é-tant feul avec M. de Villeroi, voyant le Roi faire des badineries, après avoir bien attendu que le Gouverneur fît fa charge, voyant qu'il ne difoit mot, je difois tout ce que je pouvois à cet enfant Roi pour le faire penfer à ce qu'il étoit ; & à ce qu'il devoit faire ; & après que j'avois bien prôné, le Gouverneur difoit : *La Porte vous dit vrai, Sire, la Porte vous dit vrai.* C'étoit-là toutes

M

ſes inſtructions , & jamais de lui-
même , ni en général , ni en particulier , il ne lui diſoit rien qui lui
pût déplaire , ayant une telle complaiſance , que le Roi même s'en
appercevoit quelquefois , & s'en
mocquoit , particulierement lorſque
S. M. l'appelloit & lui diſoit M. le
Maréchal. . . . . . . il répondoit , oüi ,
Sire , avant de ſçavoir ce qu'on lui
vouloit , tant il avoit peur de lui refuſer quelque choſe ; & avec tout
cela , il m'a dit pluſieurs fois , qu'on
n'avoit jamais vû une perſonne de-
venir favori de ſon maître , parcequ'il étoit obligé de le contredire
ſouvent.

Cette complaiſance penſa conter
une fois la vie au Roi à Fontainebleau ; car après s'être deshabillé
pour ſe coucher , il ſe mit à faire
cent ſauts , & cent culbutes ſur ſon
lit , avant de ſe mettre dedans ;
mais enfin , il en fit une ſi grande

qu'il alla de l'autre côté du lit à la renverſe, ſe donner de la tête contre l'eſtrade, dont le coup retentit ſi fort que je ne ſçavois qu'en croire; je courus auſſi-tôt au Roi, & l'ayant reporté ſur ſon lit, il ſe trouva que ce n'étoit rien qu'une legére bleſſure, le tapis de pied qui étoit ſur des ais pliants ayant paré le coup; en ſorte que S. M. eut moins de mal de ſa bleſſure que M. le Gouverneur de la peur dont il fut tellement ſaiſi, qu'il demeura un quart-d'heure ſans pouvoir remuer de ſa place. Il ſe feroit fort aiſément éxempté cette peine s'il eut empêché les culbutes comme il devoit.

La complaiſance de la Reine penſa faire auſſi une autre choſe qui ne valoit pas mieux. Le Roi ayant fait faire un fort dans le jardin du Palais Royal, s'échauffa tant à l'attaquer qu'il étoit tout trempé de ſueur: on lui vint dire que la Reine s'alloit

mettre au bain ; il courut vîte pour
s'y mttre avec elle , & m'ayant commandé de le deshabiller , pour cet
effet, je ne le voulus pas ; il l'alla dire à la Reine qui n'osa le refuser ; je
dis à S. M. que c'étoit pour le faire
mourir que de le mettre dans le
bain en l'état où il étoit ; comme je
vis qu'elle ne me répondoit autre
chose , si non qu'il le vouloit ; je lui
dis que je l'en avertissois , & que s'il
en arrivoit accident , elle ne s'en
prit point à moi. Quand elle vit
que je me déchargeois de l'événement fur elle ; elle dit qu'il falloit donc le demander à Vautier,
son premier Médecin. Je l'envoyai
promptement chercher , & étant arrivé à temps, il dit à la Reine qu'il
ne répondoit pas de la vie du Roi,
s'il se mettoit dans le bain dans
l'état où il étoit.

Le soir , je pris sujet là-dessus pour
lui faire un chapitre sur la complai-

fance que l'on a pour les Grands ;
je l'avois déja grondé pour quelque
chofe qu'il avoit fait, ce qui l'engagea à me demander fi je grondois
mes enfans comme je le grondois ;
je lui répondis que fi j'avois des
enfans qui fiffent les chofes qu'il faifoit, non-feulement je les gronde-
rois, mais que je les châtierois févé-
rement, & qu'il n'étoit pas permis
à des gens de notre condition d'être
des fots, fi nous ne voulions mourir
de faim ; mais que les Rois quelque
fots qu'ils fuffent étoient affurés de
ne manquer de rien, ce qui faifoit
qu'ils ne s'appliquoient point, & ne
fe corrigeoient de rien. Le foir donc
étant en particulier avec lui, je lui
demandai s'il trouvoit mauvais ce
que je lui avois dit : il me répondit,
que non : je lui dis qu'il avoit raifon, parce que je ne les difois pas
pour moi, mais pour lui, & que
ceux qui avoient de la complaifan-

ce pour tous fes défauts, ne le faifoient pas pour lui, mais pour eux ;
qu'ils fe cherchoient & non pas lui ;
que leur but étoit de fe faire aimer
de S. M. pour faire leur fortune,
& que le mien étoit de contribuer
autant que je pourrois à le rendre
honnête-homme ; que s'il le trouvoit mauvais, je ne lui dirois jamais
rien ; mais que fi un jour il étoit ce
que je fouhaitois qu'il fût, il m'en
fçauroit gré, & qu'autrement, il
n'y auroit pas grande fatisfaction
d'être auprès de lui.

Quelque chofe que je lui aye dit,
il n'en a jamais témoigné d'averfion pour moi ; bien-loin de-là,
lorfqu'il vouloit dormir, il vouloit
que je mis la tête fur fon chevet auprès de la fienne, & s'il s'éveilloit
la nuit, il fe levoit, & venoit fe
coucher avec moi ; en forte que plufieurs fois je l'ai reporté tout endormi dans fon lit. Il étoit fort docile &

se rendoit toûjours à la raison. Dès
son enfance, il a fait voir qu'il avoit
de l'esprit, voyant & entendant toutes choses, mais parlant peu s'il n'é-
toit avec des personnes familieres. Il
a toûjours aimé à railler, mais avec
esprit. Quoique dans un âge tendre, il a témoigné avoir du courage; car je l'ai vû fort jeune au Siége
de Bellegarde, & à celui d'Estam-
pes, où on lui tiroit force coups de
canon, sans que cela lui donnât de
la crainte; & ceux qui l'ont vû dans
les dernieres occasions disent qu'il
est intrépide. Il étoit naturellement
bon & humain, & dès ce temps-là
il y avoit toutes les apparences du
monde qu'il seroit un grand Prince;
mais on ne cultivoit pas avec assez
de soin, ses bonnes dispositions : on
ne lui inspiroit pas assez les sentimens de Maître : cela parut un jour
à Compiegne que Mr. le Prince qui
étoit pour lors tout-puissant à la

Cour, entrant dans le cabinet de
S. M. qui étudioit, pour aller de-là
chez S. E. par-deſſus la terraſſe ; le
Roi ſe leve pour le recevoir, & ils
furent quelque temps tous deux auprès du feu , où le Roi ſe tenoit
toûjours découvert, ce qui ne me
plaiſoit pas ; je m'approchai donc
de ſon Précepteur , & lui dis qu'il
le falloit faire couvrir, à quoi il ne
me répondit rien : j'en dis autant
au Sous-Gouverneur qui n'eut pas
plus de hardieſſe ; ainſi je m'approchai de S. M. & lui dis tout bas par
derriere de ſe couvrir ; ce que M. le
Prince ayant apperçu, lui dit auſſi-
tôt : *Sire , la Porte à raiſon, il faut
que V. M. ſe couvre, & c'eſt aſſez
nous faire d'honneur quand elle nous
ſaluë.* En effet, Mr. le Prince avoit
de très-bons ſentimens ſur l'éducation du Roi, comme il le fit paroître à Mr. l'Abbé de Beaumont & à
moi un jour que nous le fûmes voir

enfemble , au retour d'une campagne de Flandre , où il avoit remporté une grande Victoire ; car fi-tôt
qu'il nous vit , il nous mena auprès
d'une fenêtre , & nous demanda en
fecret s'il y avoit apparence que le
Roi fut honnête-homme : à quoi lui
ayant répondu qu'il en donnoit toutes les efpérances qu'on pouvoit fou-
haiter : *Vous me raviffez*, nous dit-
il , *car il n'y a pas de plaifir d'obéïr*
à un fot.

Je ne parlerai point ici des troubles de Paris , parce qu'ils ne font
pas de mon fujet ; outre que je n'y
eus de part qu'en partageant la mi-
fere publique ; je dirai feulement ,
que lorfqu'on eut fait évader le Roi
de Paris la veille des Rois de l'année 1649. je voulus faire fortir de
Paris , ma femme qui étoit groffe ,
avec mon fils , ne les y croyant pas
en fûreté , pendant le Siége. J'eus
toutes les peines imaginable à y

M 5

réüffir, parce que le peuple en armes empêchoit qui que ce fût d'en fortir. J'en fortis cependant avec une efcorte qui me mena jufqu'au milieu du Cours, je les menai à Nanteuil, Château de Mr. le Duc de Schomberg ou ayant établi ma famille, je fus retrouver la Cour à St. Germain. Ces troubles s'appaiferent bien-tôt; mais s'étant enfuite renouvellés par la prifon des Princes, Mr. le Cardinal prévoyant ce grand orage qui le menaçoit tout feul fe retira à Sedan, & de-là à Bouillon au commencement de l'année 1651. & ce qu'il y a de furprenant, c'eft que cet homme après avoir foulevé contre lui le Parlement qui avoit mis fa tête à prix par plufieurs Arrêts, malgré la fureur d'un peuple armé, fe tira d'affaires & après avoir gouverné du lieu même de fon éxil, revint en 1652. malgré l'armée des Princes, joindre la Cour à Poitiers.

Cependant j'étois demeuré malade à Paris; mais comme je me portai mieux, & que le commencement de mon quartier approchoit, nous nous aſſemblâmes environ cent cinquante Officiers de la Maiſon du Roi & de la Reine pour aller à Sulli, où étoit la Cour.

Quand nous paſsâmes à Orléans où Mademoiſelle s'étoit jettée, elle me fit entrer avec trois Officiers, & en fit paſſer plus de quarante autres dans des batteaux au-deſſous de la Ville. Cette Princeſſe me tint deux heures à me conter les raiſons qu'elle avoit eu de ſe jetter dans Orléans, & d'en refuſer les portes au Roi, me donnant charge de les dire à la Reine, & elle me fit entendre qu'en lui donnant le Roi pour mari c'étoit le moyen de faire une bonne paix.

Je dis tout cela à la Reine qui ſe mocqua de moi, me diſant : ce n'eſt pas pour ſon nez quoiqu'il ſoit bien

L 6

grand ; & me l'envoya dire à S. E.
qui me dit que le Roi n'étoit pas
encore à marier, & me fit en cette
rencontre fort bon visage ce qui
m'étonna ; mais après y avoir bien
pensé je conçus que cela ne venoit
pas d'amitié mais du mauvais état
de ses affaires.

De Sulli nous allâmes à Gien ,
où bien-tôt après nous apprîmes que
M. le Prince étoit arrivé de Guien-
ne lui cinquiéme *incognitò* en l'armée que commandoient Messieurs
de Beaufort & de Nemours, lesquels
n'étoient pas en bonne intelligence.
Mr. de Turenne commandoit l'armée du Roi , dont Mr. d'Hoquin-
court menoit l'avant-garde , qui fut
défaite , & si M. de Turenne n'eût
fait bonne contenance faisant paroître toute son armée de front sur le
haut d'un côteau nous aurions cou-
ru de grands risques ; mais heureusement Mr. le Prince ne le poussa

point, & se contenta de sa premiere victoire dont nous nous trouvâmes bien ; car s'il eut chargé M. de Turenne, il y a toutes les apparences du monde qu'il l'eût défait, à cause du peu de gens qu'il avoit, & qui étoient fort mécontens aussi-bien que toute la Cour qui n'avoit pas un teston ; mais Dieu gouverna cet événement pour la conservation du Roi & de toute la France.

Le combat s'étant donné à trois quarts de lieuës de Gien, où étoit la Cour pauvre & misérable, à qui toutes les Villes fermoient leurs portes & qui n'avoit aucun secours d'argent, l'allarme y fut grande. Dès le soir la Reine m'envoya querir sur l'avis qu'elle avoit eu que les armées étoient en présence, pour me dire que j'envoyasse en diligence querir les mulets & les chariots, & qu'à la pointe du jour au bout du pont on fit venir tous les équipages qui étoient à cinq lieuës de Gien au-delà de la Loire ; car les Princes étoient maîtres de tout le côté de deçà.

Les ordres furent donnés partout, & dès la pointe du jour tous les carrosses étoient au-delà du pont plein de Dames & de Demoiselles ; mais les équipages filerent avec tant d'embarras & de précipitation que si M. le Prince eut poussé sa pointe, il prenoit toute la Cour dans Gien. A tout moment il venoit des allarmes de l'armée, que tout étoit perdu : Dieu sçait, si chacun songeoit à ses affaires. Enfin nous apprîmes que l'armée des Princes se retiroit au grand contentement de tout le monde ; car ce fût le coup de partie, & la ruïne entiere des Princes qui, depuis ce temps-là, ne firent rien qui vaille.

De Gien nous allâmes coucher à St. Fargeau, si étourdis, qu'on ne sçavoit ce qu'on faisoit, ni ce qu'on devoit faire. Il arriva de Paris un laquais de Madame de Nyert, femme de chambre de la Reine, qui avoit rencontré près de Montargis l'armée des Princes qui alloit loger à l'Abbaye de Ferrieres. Je crus que S. E. n'en avoit aucune nouvelle à cause du peu de dépense qu'elle faisoit en espions; c'est pourquoi je dis à Chamarante qu'il lui allât dire cette nouvelle, ne croyant pas ce service assez considérable pour lui aller dire moi-même : je fus fort surpris que sur cet avis, on assemblât le Conseil, où l'on fit venir ce laquais ; & sur ce qu'il dit, on prit les résolutions de ce que l'on avoit à faire.

De Saint Fargeau, la Cour alla à Auxerre, à Joigni, à Sens, à Montreau ; pendant cette marche les ordres furent si mal donnés qu'on se mangeoit les uns les autres ; & l'in-

solence alla au point que le Comte
de..... frere de M. de Broglio pilla
la petite écurie du Roi, & eut auſſi
peu de reſpect pour la livrée de Sa
Majeſté que pour celle du dernier
des Cravattes. M. le Premier lui envoya Givry, Ecuyer du Roi, pour
lui redemander ſes chevaux dont
on ſe mocqua, & tout cela paſſa
chez S. E. pour galanterie.

De Montreau nous vinmes à Corbeil où le Roi voulut que Monſieur
couchât dans ſa chambre qui étoit
ſi petite qu'il n'y avoit que le paſſa-
ge d'une perſonne. Le matin lorſqu'ils furent éveillés, le Roi ſans y
penſer cracha ſur le lit de Monſieur,
qui cracha auſſi-tôt tout exprès ſur
le lit du Roi, qui un peu en colere
lui cracha au nez : Monſieur ſauta
ſur le lit du Roi, & piſſa deſſus ; le
Roi en fit autant ſur le lit de Monſieur : comme ils n'avoient plus de
quoi cracher, ni piſſer, ils ſe mirent

à tirer les draps l'un de l'autre, dans la place ; & peu après ils se prirent pour se battre. Pendant ce démêlé je faisois ce que je pouvois pour arrêter le Roi ; mais n'en pouvant venir à bout, je fis avertir M. de Villeroi qui vint mettre les hola. Monsieur s'étoit plutôt fâché que le Roi ; mais le Roi fut bien plus difficile à appaiser que Monsieur.

Après cette petite guerre terminée, Monsieur demanda au Maréchal de Villeroi où l'on alloit : *à S. Germain*, lui dit-il : il demanda par quel chemin : on le lui dit, puis il repartit au Maréchal : *Pourquoi par ce chemin - là, Monsieur le Maréchal, je vous assure Paris ; c'est le plus court.*

Lorsque nous fûmes arrivés à St. Germain, nous apprîmes que les Parisiens avoient rompu tous les ponts, & qu'il n'y avoit pas moyen d'avoir communication avec Paris pour avoir de l'argent, de quoi tout le monde étoit bien dénué.

On sçut auſſi-tôt qu'il s'étoit donné combat à Eſtampes où les ennemis avoient été battus, mais qu'ils
s'étoient empatés de la Ville. Cette
nouvelle arriva à la pointe du jour,
& on la fit dire d'abord à Mr. de
Villeroi qui vint heurter ſi rudement
à la chambre de S. M. que je crus
que tout Paris étoit à St. Germain ;
mais quand je lui eus ouvert, &
qu'il m'eût dit victoire, je commençai à faire tout mon poſſible
pour paroître guai ; car véritablement nous ne ſçavions pas trop ce
qu'il nous falloit, & lequel nous ſeroit le meilleur de battre, ou d'être
battus. Le Roi ſe leva & tous trois
en bonnets, mules & robbes de
chambre, nous allâmes porter cette
nouvelle à M. le Cardinal qui dormoit, & qui ſe leva en même équipage que nous, hormis que ſa
mouſtache étoit plus en déſordre ;
car ſans mentir, ſon dormir n'avoit
pas été ſi tranquille que le nôtre.

Comme c'eſt la coûtume des grands hommes de ne ſe point réjouïr d'abord des proſpérités , & de ne ſe point affliger des infortunes , S. E. ne témoigna point de joye de cet avantage , & moi qui l'obſervois voyant que la choſe l'intereſſoit plus que moi , je le voulus imiter en cela , ne le pouvant en beaucoup d'autres choſes. Le Roi prit auſſi-tôt congé de la compagnie , où étoient déja arrivés tous les Miniſtres, pour conſulter S. E. & nous allâmes nous recoucher.

A quelques jours de là Birragues, premier valet de garderobe du Roi , pria M. de Crequi , premier Gentilhomme de la chambre en année , de parler au Roi pour un de ſes couſins , Enſeigne dans le Régiment de Picardie , qui avoit été bleſſé au combat d'Eſtampes , & qui demandoit la place de ſon Lieutenant qui y avoit été tué : le Roi trouva cela

jufte, & promit de bonne grace d'en
parler à la Reine, & à S. E. mais
ne donnant point de réponfe à cinq
ou fix jours de-là, lorfque nous ha-
billions S. M. M. de Crequi lui demanda s'il avoit eu la bonté de fe
fouvenir de parler de l'affaire de
M. de Birragues : le Roi ne répondit rien ; c'eft pourquoi je lui dis
que ceux qui avoient l'honneur
d'être à lui étoient bien malheureux
puifqu'ils ne pouvoient pas même
efperer les chofes juftes. Comme
j'étois un genouil en terre, & baiffé
pour le chauffer, il mit fa bouche
contre mon oreille, & me dit d'un
ton plaintif, & fort bas : *Je lui ai
parlé ; mais cela n'a fervi de rien.*
A quoi je ne répondis qu'en hauffant
les épaules : on peut juger par-là du
crédit qu'il avoit quoiqu'il fut ma-
jeur.

De St. Germain nous retournâ-
mes à Corbeil, & de-là le Roi alla

au Siége d'Eſtampes. S. M. ſe leva de grand matin ſur ce que Mr. le Cardinal lui avoit dit qu'à cauſe des grandes chaleurs, il falloit partir de bonne heure; & cependant le vigilant perſonnage dormit encore deux heures après que le Roi fut levé.

J'étois allé déjeuner lorſqu'on me vint dire que le Roi me demandoit; je m'en allai le trouver, & m'étant enquis de S. M. ce qu'elle deſiroit, elle me dit qu'elle m'avoit fait appeller pour me donner cent louis d'or que Mr. de la Vieuville alors Surintendant des Finances lui envoyoit par ſon fils le Marquis, tant pour ſes menus plaiſirs, que pour en faire des libéralités aux ſoldats eſtropiés. Il me dit qu'il les avoit mis dans ſes poches; mais qu'ayant la botte haute, il auroit peine à les garder. Je lui dis qu'ils étoient auſſi bien dans ſes poches, que dans les miennes; mais cela ne ſe trouva pas vrai dans la ſuite.

Comme Moreau, premier valet de garderobe, avoit avancé onze piſtoles pour des gans qu'il avoit achetés à St. Germain pour S. M. & par ſon ordre ; quand il vit que le Roi avoit de l'argent, il me pria de les lui demander, & de lui dire que comme on ne pouvoit avoir accès à Paris pour en faire venir de l'argent tout le monde avoit beſoin de ſon petit fait ; ce que je lui promis.

De Corbeil nous allâmes coucher au Menil-Cornuel, où nous aprîmes la bleſſure du Chevalier de la Vieuville. Le Roi ſoupa, & fut chez S. E. juſqu'à ce qu'il voulut ſe coucher ; quand il fut couché, & que tout le monde ſe fut retiré, je lui dis ce que Moreau m'avoit chargé de lui dire, à quoi il répondit triſtement qu'il n'avoit plus d'argent ; je lui demandai s'il avoit joué chez M. le Cardinal, il me répondit que non, & plus je le preſſois pour ſça-

voir ce qu'il en avoit fait, & moins
il avoit envie de me le dire ; enfin je devinai, & lui dis n'eft - ce
point Mr. le Cardinal qui vous a
pris votre argent ? Il me dit, oüi ;
mais avec un chagrin fi grand, qu'il
étoit aifé de voir qu'il ne lui avoit
pas fait plaifir de lui prendre fon
argent, ni moi de lui demander ce
qu'il en avoit fait.

Nous allâmes au Siége d'Eftam-
pes, où le Roi parut fort affuré,
quoiqu'on lui tirât force volées de
canon, dont il y en eut deux ou
trois qui ne pafferent pas loin de lui;
& comme tout le monde le félicitoit
le foir fur fa hardieffe, il me demanda, parce qu'il m'avoit vu auprès de lui, fi je n'avois point eu
peur de ces coups de canon, à quoi
je lui dis que non, & qu'ordinairement on n'avoit point peur, quand
on n'avoit point d'argent : il m'en-
tendit bien, & fe prit à fourire ; mais
perfonne n'en devina la caufe.

Le Roi voyoit quantité de soldats malades & estropiés qui couroient après lui, demandant de quoi soulager leur misere sans qu'il eut un seul douzain à leur donner, de quoi tout le monde s'étonnoit fort.

Outre la misere des soldats, celle du peuple étoit épouvantable, & dans tous les lieux où la Cour passoit les pauvres paysans s'y jettoient pensant y être en sûreté; parce que l'armée désoloit la campagne. Ils y amenoient leurs bestiaux qui mouroient de faim aussi-tôt, n'osant sortir pour les mener paître: quand leurs bestiaux étoient morts ils mouroient eux-mêmes, incontinent après; car ils n'avoient plus rien que les charités de la Cour qui étoient fort médiocres, chacun se considérant le premier: ils n'avoient de couvert contre les grandes chaleurs du jour, & les fraîcheurs de la nuit, que le dessous des auvents, des charettes, & des

chariots

chariots qui étoient dans les ruës ;
quand les meres étoient mortes, les
enfans mouroient bien - tôt après,
& j'ai vû sur le pont de Melun où
nous vînmes quelque temps après,
trois enfans sur leur mere morte,
l'un desquels la têtoit encore. Toutes
ces miseres touchoient fort la Reine,
& même comme on s'en entretenoit
à Saint Germain, elle en soupiroit,
& disoit que ceux qui en étoient
cause, auroient un grand compte à
rendre à Dieu, sans songer qu'elle-
même en étoit la principale cause.

Vers la fin de Juin le Roi fit quelque séjour à Melun où pour se di-
vertir, il fit faire un petit Fort au
bord de l'eau & tous les jours il y
alloit faire collation ; il y avoit auprès de S. M. Messieurs de Vivonne,
de Vilquier, d'Anville, de Man-
cini, du Plessis Praslin, & plusieurs
autres Officiers d'Armée. Le jour
de la Saint Jean de la même année

N

1652. le Roi ayant dîné chez S. E.
& étant demeuré avec lui jufques
vers les fept heures du foir, il m'envoya dire qu'il fe vouloit baigner :
fon bain étant prêt, il arriva tout
trifte, & j'en connus le fujet fans
qu'il fut néceffaire qu'il me le dit,
la chofe étoit fi terrible qu'elle me
mit dans la plus grande peine où
j'aye jamais été, & je demeurai cinq
jours à balancer, fi je la dirois à la
Reine ; mais confidérant qu'il y alloit de mon honneur, & de ma
confcience de ne pas prévenir par
un avertiffement de femblables ac-
cidens, je la lui dis enfin, dont elle
fut d'abord fatisfaite, & me dit que
je ne lui avois jamais rendu un fi
grand fervice ; mais comme je ne
lui nommai pas l'auteur de la chofe
n'en ayant pas de certitude, cela fut
caufe de ma perte, comme je le dirai en fon lieu.

De Melun, nous allâmes paſſer à Chemine, Maiſon de Mr. le Préſident Viole près de Lagny, ou étant dans le Château, j'y vis arriver Son Eminence, qui s'étant mis à la fenêtre de ſa chambre le dos tourné du côté de la Cour, pour entretenir quelques perſonnes qui étoient avec lui, je le conſiderai long-temps, & ne pus m'empêcher d'admirer la Providence de Dieu en ce que cet homme, dont la tête venoit d'être miſe à prix, ſe tenoit en cette poſture près d'une fenêtre d'un bas étage, en un lieu ou paſſoient tous les Officiers des Maiſons Royales, Officiers d'armée, Soldats, Pages, Laquais, Cochers, Chartiers, Muletiers, Marmitons, Porte-Faix, & tout ce que la Cour & l'Armée traînent à leur ſuite, ſans que cet homme prit la moindre précaution pour ſa ſûreté, ce qui me fit croire que Dieu le conſervoit pour nos péchés.

N 2

L'armée de Paris nous côtoyoit ; mais elle n'ofa nous empêcher le paffage de Lagny ; fi bien que nous vînmes à St. Denis, où le Roi logea dans un Couvent de Filles, & notre armée fit un pont fur la riviere à Epinay pour aller attaquer les ennemis. Cependant, je fortis de quartier, & avec beaucoup d'autres Officiers je m'en revins à Paris ; les habitans qui gardoient la porte St. Denis nous reçurent avec joye, & nous laifferent entrer fans difficulté ; je m'en retournai, parce que mon fils étoit à l'extrémité.

Dès le foir, les ennemis voyant que les nôtres avoient paffé la Riviere fe retirerent fous Paris, & le lendemain fe donna le combat de la porte St. Antoine, ou fut tué le neveu de S. E. & le Fouilloux, Enfeigne des Gardes de la Reine. Les ennemis y avoient été défaits ; quoique M. le Prince y eut fait des merveilles de fa perfonne : il étoit perdu fi Mademoifelle ne lui eut fait ouvrir la porte St. Antoine & n'eût fait tirer le canon de la Baftille fur l'armée du Roi qui y étoit en perfonne.

L'armée des Princes paffa la Riviere de Seine fur les ponts de Paris, & s'alla camper vis-à-vis de l'Arcenal ; on peut voir dans l'hiftoire ce qu'elle devint, & comme les Princes qui voyoient les notables s'affembler à l'Hôtel-de-Ville, fe réfolurent pour mettre la terreur dans les efprits, & fe rendre Maîtres de la Ville de faire le maffacre, où les Sieurs le Gras Maître des Requêtes, & Miron Maître des Comptes furent tués : ce qui donna une horreur extrême à tout le monde pour ce parti, & infpira le deffein de favorifer le Roi, d'autant plus que ce maffacre fut fuivi du feu que l'on fit mettre à l'Hôtel-de-Ville. Made-

moiselle arbora la paille ; en sorte
que personne n'étoit en sûreté, s'il
n'en avoit à son chapeau, ou sur la
tête de ses cheveaux, ce que tous les
serviteurs du Roi qui étoient dans
Paris ne pouvoient supporter sans
beaucoup de peine. En sorte que
l'Abbé . . . . . . qui sous main avoit
fait avertir quelques particuliers
qu'il seroit bon pour contrecar-
rer cette paille, de faire une assem-
blé au Palais - Royal, leur fit dire
de venir avec leurs amis, ce qu'ils
firent : si bien qu'en peu de temps il
il s'y trouva cinq ou six cent personnes, de toute condition : on me
vint querir, j'y allai : un de la compagnie monta dans la Chaire du
Prédicateur, & exhorta tout le monde à faire une ligue pour faire revenir le Roi , & chacun la signa, &
pour s'opposer à la paille chacun
prit le papier à son chapeau. Ainsi à
toutes les rencontres du papier &

dé la paille, c'étoient des combats
continuels.

Pendant cette affemblée même,
Mademoifelle ayant paffé devant la
porte du Palais - Royal, cria à la
paille ; mais tous ceux qui avoient
le papier tinrent ferme dans leur
parti. Mr. de la Ferté Imbaut vint
pour l'empêcher ; mais il ne gagna
rien, bien des gens prirent notre
parti, & le feu de paille ne dura
guére.

Cependant le Roi affembla un
Parlement à Pontoife compofé de
ceux de ce Corps qui étoient dans
fes interêts & de quelques Maîtres
des Requêtes en petit nombre, & là
il fut réfolu pour contenter le peuple de Paris que S. E. fortiroit de la
Cour & du Royaume ; ainfi il s'en
retourna à Bouillon. Et le Cardinal
de Retz fe fervit de cette occafion
pour aller à Compiegne avec tous
les Curés de Paris pour querir le

Roi, & le faire revenir en cette Ville, ou S. M. arriva vers la fin d'Octobre, & ayant mandé le Parlement au Louvre, toutes chofes furent pacifiées.

Vers ce temps-là, je tombai malade ; en forte que tout le monde crut que j'étois hors d'état d'en revenir. Le Roi m'envoya vifiter tous les jours, & la Reine fit dire à mes proches que ma charge étoit affurée à mon fils ; pendant que quantité de gens l'étoient allé demander à S. E. qui de Bouillon, où il avoit ramaffé quelques troupes, les avoit envoyées à Mr. le Maréchal du Pleffis Praflin qui battoit les Efpagnols, & enfuite Son Eminence vint le joindre en Champagne, voulant faire croire que le fecours qu'il avoit envoyé, avoit déterminé le gain de la bataille.

Pendant l'abfence de S. E. il fe faifoit beaucoup d'allées & de venuës fecretes pour fon fervice par

des gens dont il ne s'eft guére fou-
cié depuis : il revint, les Parifiens le
reçurent avec joye après la bataille ,
& tous les Princes étant fortis de Paris, le Roi y demeura le Maître. M.
le Cardinal fut raffermi dans fon autorité , dont une grande marque fut
la prifon du Cardinal de Retz , que
je vis arrêter ; & là-deffus j'admirai
l'inconftance des François à l'égard
du Cardinal Mazarin , fur qui après
avoir bien crié *Tolle* , ils fe tuoient
à fon retour pour aller au-devant
de lui , & ceux même qui avoient
été fes plus grands ennemis, furent
les plus empreffés à fe produire ,
& à lui faire la révérence. Je vis
une multitude de gens de qualité
faire des baffeffes fi honteufes en cette
rencontre , que je n'aurois pas voulu être ce qu'ils étoient à condition
d'en faire autant : tout le monde
difoit tout haut au Roi & à la
Reine que toute la France étoit

Mazarine, & qu'il n'y avoit perfonne qui ne tint à grande gloire de l'être. J'étois dans le cabinet de la Reine lorfque S. E. y entra ; j'y vis parmi tant de gens de qualité qui s'étouffoient à qui fe jetteroit à fes pieds le premier ; j'y vis, dis-je, un Religieux qui fe profterna devant lui avec tant d'humilité, que je crus qu'il ne s'en releveroit point. Deux ou trois jours après que la grande preffe fut paffée, j'allai voir S. E. qui me reçut affez bien en apparence ; mais je ne laiffai pas d'en prendre un mauvais augure, parce qu'il en faifoit trop pour un homme avec qui je n'étois pas affez bien pour empêcher un traitement fi favorable, comme je m'en apperçus bien-tôt.

En effet, l'hyver ne fut pas plutôt paffé, & les trois premiers mois de l'année 1653. (ne devant entrer en quartier que le premier jour d'Avril,) que le 30. Mars au matin comme je

me levois, je vis entrer Gaboury
dans ma chambre. Après les civili-
tés ordinaires, il me dit de faire
retirer mes gens, parce qu'il avoit
quelque chofe à me dire ; & après
quelques excufes de ce qu'il n'avoit
pû s'empêcher de m'apporter une
nouvelle qui me toucheroit, il m'an-
nonça que la Reine lui avoit commandé de me venir dire, de ne
point fervir mon quartier, & que je
priaffe un de mes compagnons de
fervir pour moi. Je lui demandai fi
c'étoit pour toûjours, & fi c'étoit
une véritable difgrace : il me répondit qu'oüi, & que la Reine lui avoit
commandé de me dire que je ne la
viffe point, ni le Roi, ni S. E. que
je fiffe le malade, & me miffe au
lit, & que je ne parlaffe à perfonne ; ce qui me fembla bien extraordinaire : car les Rois n'ont pas ac-
coûtumé de tenir fecrets les châti-
mens qu'ils font à ceux qui les ont

N 6

mérités. Ils doivent faire juſtice, & la plus grande gloire qu'ils ayent, eſt lorſqu'ils la font bien.

La raiſon qu'avoit la Reine de m'ordonner de n'en parler à perſonne, étoit la honte de ſa foibleſſe ; car elle ſe doutoit bien que tout le monde la blâmeroit d'abandonner ſans aucune raiſon un homme qui l'avoit ſervie, comme j'avois fait.

Je priai Gaboury de dire à la Reine qu'elle ne trouveroit en moi que de l'obéïſſance ; mais que pour me mettre au lit, cela étoit inutile ſi la choſe devoit être pour toûjours ; qu'elle ſçavoit bien que je ſçavois me taire, mais qu'en cette rencontre c'étoit une mauvaiſe fineſſe ; car tout le monde ſçachant que j'étois à Paris en bonne ſanté, & qu'un autre ſervoit mon quartier, il ne feroit pas difficile de deviner que c'étoit par ordre. Je fis comme il m'étoit enjoint excepté de me met-

tre au lit, & Mr. Bontemps ayant
accepté la priere que je lui fis de fervir pour moi, tout le monde s'apperçut bien-tôt de ma difgrace.

Je dis à Gaboury qu'après avoir
fervi la Reine fi long-temps, je ferois
bien aife de prendre congé de fa bouche, & de lui faire la révérence. Elle
l'accorda à la charge que je ne lui
dirois rien, & qu'en lui faifant la
révérence, je me retirerois. Je dis à
Gaboury que je baifois très-humblement les mains à S. M. que je
n'avois defiré la voir que pour lui
dire tout ce que j'avois fur le cœur;
& c'étoit ce qu'elle appréhendoit.

La chofe fut auffi-tôt déclarée &
la plus grande partie de mes amis
de Cour me vinrent voir, ne pouvant s'imaginer que ma difgrace fut
pour long-temps, & croyant que
devant retourner à la Cour dans
peu je leur ferois fort obligé de ce
témoignage de bonne volonté; mais

quand ils virent que c'étoit une affaire fans retour ijs n'en firent point
non-plus chez moi.

On me laiffa ainfi pendant fept à
huit mois pendant lefquels je m'en
allai à une maifon que j'avois en
Brie, ou Nyert, premier valet de
garderobe, vint me voir pour me
dire, que c'étoit à lui à monter à la
chambre, étant le plus ancien de la
garderobe : je lui dis que comme je
n'avois point commis de crime, &
que Leurs Majeftés étoient très-juf-
tes, je ne croyois pas qu'elles me
forçaffent à donner ma démiffion,
que j'étois réfolu de ne la point
donner, & qu'il ne pouvoit prétendre à ma charge jufqu'à ce que l'on
m'eût commandé de donner ma démiffion. Il venoit me preffentir &
fçavoir fi j'avois efpérance de retourner à la Cour. Je lui dis que
j'attendrois les ordres du Roi, &
Gaboury m'a dit depuis que ces or-

dres ne feroient pas venus fi promptement fi Madame de Nyert ne fe
fut fort empreffée pour cela.

Je demeurai en Brie jufqu'à la mi-
Septembre auquel temps étant allé
voir un de mes amis à Suffi, M. de
Bois-Franc y arriva & m'apporta
l'ordre de donner ma démiffion,
avec une lettre de Mr. de Bartillat
qui me mandoit qu'ayant eu le
commandement de m'apporter cet
ordre, il avoit évité l'occafion de
me trouver, & qu'ayant été trouver la Reine à la Fere, elle lui avoit
demandé compte de fa commiffion;
il lui avoit dit qu'il ne m'avoit pas
trouvé à Paris; qu'enfuite ne s'étant
pas mis en peine de cacher cette
défaite, il lui avoit déclaré ingénument qu'il n'avoit pu fe réfoudre à
caufer ce déplaifir à une perfonne
qu'il fçavoit l'avoir fi bien fervie.
De quoi S. M. s'étant fâchée elle lui
avoit commandé de remettre cette

commiſſion à Mr. de Bois-Franc, qui s'en acquitta comme je viens de le dire.

Je priai Mr. de Bois-Franc de ne ſe point hâter de rendre réponſe à la Reine, & de me donner du temps pour ſonger à ce que j'avois à faire, ce qu'il m'accorda.

J'employai ce temps à prendre conſeil de mes amis, ſi je donnerois ma démiſſion, où non, ne voulant rien faire de ma tête dont je puſſe me repentir, & tous me conſeillerent de la donner, m'alléguant l'exemple de Mr. de Champdenier, qui s'étoit achevé de perdre en refuſant la ſienne. A la vérité cela me faiſoit bien de la peine de n'avoir que cent mille livres de ma charge, de laquelle j'avois déja refuſé le double, ainſi j'en aurois eu encore davantage ſi j'avois eu la liberté de la vendre à qui j'aurois voulu.

Ce ne fut pas encore cette perte

qui me toucha le plus, ce fut de voir comment cette chofe dont la Reine étoit fi fatisfaite d'abord produifit un effet fi contraire à celui que j'en devois raifonnablement efperer ; je m'éxaminai long-temps moi-même fans que la confcience me reprochât la moindre chofe làdeffus ; & après avoir bien balancé, je me réfolus d'obéïr ; & en même temps je pris la liberté d'écrire une lettre à la Reine, que je donnai à Mr. de Bois-Franc pour la rendre à S. M. par M. de Bartillat, ce qui fut fait.

La Reine fit grande difficulté de prendre cette lettre, ce qui obligea Mr. de Bartillat de lui dire qu'il ne croyoit pas que je lui perdiffe le refpect ; & après avoir regardé autour d'elle fi perfonne ne la voyoit, elle la prit, puis s'étant appuyée fa tête dans fa main, elle rêva quelque temps. M. le Cardinal étant arrivé

là-deſſus, elle entra avec lui dans
ſon cabinet, & auparavent elle dit à
Mr. de Bartillat de ne pas s'en aller,
qu'elle ne lui eut fait réponſe. Ils
confererent apparemment ſur ma
lettre qui étoit conçuë en ces termes.

MADAME,

J'ai reçu une lettre de Bartillat
qui porte un ordre de V. M. que je
remette ma charge entre les mains
du Roi, ce qui m'a autant ſurpris
qu'affligé; mais comme ce n'eſt pas
à moi d'entrer en raiſon avec elle,
& qu'il faut obéïr aveuglément, je
le ferai, & recevrai ce coup de la
main de Dieu qui me châtie bien
viſiblement pour avoir eu plus de
paſſion pour votre ſervice que pour
le ſien. Je ne veux point ici redire
les ſervices que j'ai rendus à Votre
Majeſté, ni ce que j'ai ſouffert pour
elle, toute la terre le ſçait aſſez,

& perſonne ne peut l'ignorer puiſque V. M. elle-même à eu la bonté
de le publier aſſez ſouvent. Je la
ſupplie ſeulement de ſe ſouvenir
que mes intentions ont été ſinceres,
& que ce que je lui dis à Melun,
ne regardoit que la gloire de Dieu,
le ſalut du Roi, & ſon ſervice particulier; & que j'aurois mérité le
traitement que je reçois aujour-
d'hui, ſi j'en avois uſé autrement.
Je ſouhaiterois preſque d'être coupable en quelque choſe, afin que
Votre Majeſté fut éxempte du blâme que lui cauſe le mal qu'elle me
fait ſans ſujet. Enfin, Madame, il
eſt juſte que je me retire, & que je
ne paroiſſe plus devant V. M. puiſque mon innocence me rend déſa-
gréable; mais il eſt juſte auſſi, Madame, puiſque je n'ai point commis d'autre crime que de vous avoir
fidellement ſervie, que vous ordon-
niez qu'on me paye ce qui m'eſt dû,

& que vous n'ôtiez pas le pain à deux pauvres enfans qui n'ont point d'autre bien que celui que mes fervices de trente années leur avoit acquis. Si V. M. leur denie cette juftice, ces ames innocentes la demanderont à celui qui vous la fera un jour, & qui fçait que nonobftant le mal qu'on me fait, je ferai le refte de mes jours de Votre Majefté, &c.

La Reine en fortant dit à Bartillat, dites à la Porte, qu'il obéïffe, qu'on lui payera ce qu'on lui doit quand on payera fes Compagnons, & qu'on aura foin de lui. Je ne demandois pas une grande grace; & cependant on l'empêcha de me tenir parole à ce fujet.

J'obéïs donc, & quand je fus de retour à Paris, je donnai ma démiffion quand je vis mes cent mille livres comptées.

Depuis Mr. le Cardinal tomba

malade de la maladie dont il mourut, & comme je le croyois la principale cause de mon malheur, M. de
Carnavalet mon ancien ami, me
donna avis qu'il connoissoit le P.
Severe Théatin, son Confesseur,
& que je lui devois écrire pour faire
ressouvenir S. E. de déclarer la vérité qu'il sçavoit au sujet de ma disgrace, pour décharger sa conscience du mal que je croyois qu'il m'a-
voit fait. J'écrivis à ce Pere, & je
donnai ma lettre à Mr. de Carnavalet qui la lui porta à Vincennes,
& le pressa fort de la prendre, lui
disant que c'étoit une affaire qui regardoit le salut de S. E. mais il ne
la voulut point recevoir disant que
lorsque M. le Cardinal l'avoit pris
pour son Confesseur, il lui avoit fait
promettre de ne lui jamais parler
d'aucune affaire.

Après la mort de S. E. je priai à
diverses fois tous mes anciens amis

qui voyoient familierement la Reine, de lui parler de moi, quand
ils en trouveroient l'occasion ; ce
qu'ils firent le plus généreusement
du monde. Le premier fut le Commandeur de Jars qui n'attendit pas
que je lui en parlasse pour le faire,
mais ce fut inutilement ; ensuite,
Madame de Motteville poussa la
Reine si avant là-dessus, qu'elle
l'obligea de lui déclarer pour sa
justification le mal qu'elle croyoit
de moi, & lui défendit absolument
de m'en parler. Madame de Cavoye
& Madame de Beauvais, firent aussi
ce qu'elles purent dans les occasions,
& toutes m'ont dit, que quand elles
parloient de moi à la Reine, elle
rougissoit jusques dans la racine des
cheveux.

En 1663. la Reine étant déja at-
taquée de son cancer, Madame de
Beauvais qui craignoit pour la conscience de S. M. parla de moi à son

Confeſſeur, puis me manda de l'aller trouver pour lui en parler auſſi,
ce que je fis, & le priai de demander à la Reine ſous le ſceau de la
Confeſſion ſi j'étois coupable, ou
non ? Que ſi je l'étois, elle me devoit châtier comme je le méritois;
mais que ſi je ne l'étois pas, elle
devoit terminer mon malheur; &,
quoique je cruſſe avoir aſſez mérité
par mes ſervices pour prétendre des
graces, que néanmoins en cela je
ne demandois que juſtice. Il me promit comme il avoit fait à Mad. de
Beauvais qu'il en parleroit à la Reine,
& après avoir appris qu'elle avoit
été à confeſſe à lui, je le fus retrouver & lui demander réponſe; mais
il ne m'en voulut point faire, & je
le trouvai ſi embarraſſé que je crus
qu'on lui avoit impoſé ſilence.

En 1664. j'eſſayai encore un autre moyen, qui fut de me juſtifier
par une lettre contre les calomnies

de mes ennemis : la voici en propres termes.

MADAME,

Que Votre Majefté me permetre
s'il lui plaît de lui dire avec le refpect que je lui dois, que fans y
penfer elle m'ôte l'honneur & la réputation, en difant à tous ceux qui
lui parlent de moi, que je fuis plus
coupable qu'ils ne penfent. Votre
Majefté peut-elle dire cela en confcience ? Non, Madame, elle ne le
peut fans en être bien affurée, & elle
ne le peut être que par le rapport
d'une perfonne intereffée qui ne l'a
peut-être pas dit, mais fait dire à
une jeune perfonne qui n'a pû le
refufer, & qui à préfent a peine à
s'en dedire. V. M. connoîtroit bien
la vérité fi elle vouloit fe donner la
peine d'éxaminer la chofe à fond;
car voici le fujet de ma difgrace.

Je

Je donnai avis à V. M. à Melun en
1652. que le jour de la Saint Jean,
le Roi dînant chez Mr. le Cardinal
me commanda de lui faire apprêter
son bain sur les six heures dans la
Riviere, ce que je fis, & le Roi en
y arrivant me parut plus triste &
plus chagrin qu'à son ordinaire,
& comme nous le deshabillions,
l'attentât manuel qu'on venoit de
commettre sur sa personne parut si
visiblement que Bontemps le pere,
& Moreau le virent comme moi.
Mais ils furent meilleurs Courtisans
que moi ; mon zele, & ma fidélité
me firent passer par dessus toutes les
considérations qui me devoient faire taire, & je crus être obligé en
conscience d'en avertir V. M. Je le
fis, & elle me témoigna être satisfaite de mon procédé, en me disant
que tous les services que je lui avois
rendu, n'étoient rien en comparai-
son de celui là. V. M. se souvient

O

dra, s'il lui plaît, que je lui ai dit
que le Roi parut fort triste, & fort
chagrin; ce qui étoit une marque
affurée qu'il n'avoit pas confenti à
ce qui s'étoit paffé, & qu'il n'en aimoit pas l'auteur. Je ne voudrois
pas, Madame, en accufer qui ce
foit, parce que je craindrois de me
tromper; mais ce qui eft certain,
c'eft que fi je n'euffe point donné
cet avis à V. M. je ferois encore auprès du Roi; mais j'aurois manqué
à la fidélité que je lui devois.

Je dis encore une fois à V. M.
que fi elle vouloit prendre la peine
d'éxaminer toutes les circonftances
de cette affaire, elle connoîtroit aifément mon innocence, & pourroit
aifément fe décharger la confcience
du mal que je fouffre il y a douze
années. Je fortis de quartier à Saint
Denis, je fus neuf mois fans appro-
cher du Roi, pendant lefquels je fus
malade à l'extrémité, le Roi me fai-

foit l'honneur d'envoyer de deux jours l'un fçavoir de mes nouvelles, & même il envoya fon premier Médecin, Mr. Carnavalet avec qui je logeois pourroit témoigner cette vérité, & que toutes les fois qu'il alloit au Louvre, le Roi lui demandoit comment je me portois. Lorfque je fus guéri, & que j'eus affez de force pour aller au lever de Sa Majefté, je la trouvai encore au lit & en préfence de Mr. Vallot & de Bontemps, le Roi fe leva en fon féant & me témoigna de la joye de ma guérifon. V. M. eut la bonté de faire affurer mes beaux freres que fi je mourois, elle conferveroit ma charge à mon fils : ce n'étoit pas-là me traiter en coupable, & néanmoins il y avoit déja quatre ou cinq mois, que je vous avois donné cet avis à Melun. Quand eft-ce donc que j'ai commis ce ctime ? Je n'ai pas couché dans la chambre du Roi

dupuis ce temps-là. Peut-il tomber
dans la penſée qu'un homme dont
on ne ſe plaint point, que l'on traite
comme l'homme du monde dont on
eſt le plus ſatisfait, allât lui-même
découvrir la choſe pour en accuſer
un autre ? Je ne devins coupable
que neuf mois après, quand Mr. le
Cardinal revint de Bouillon. Je ne
lui avois point écrit comme les autres à cauſe de ma grande maladie,
il témoigna toutefois être ſatisfait
de moi, lorſque je pris congé de
lui en ſortant de quartier à St. Denis. Cela ne l'empêcha pas étant à
Bouillon de promettre ma charge au
nommé Talon, pendant que V. M.
l'aſſuroit à mes enfans ; & lorſqu'il
fut venu auprès du Roi, & que je
fus prêt d'entrer en quartier, il me
fit paſſer dans l'eſprit de V. M. pour
l.auteur du mal que je n'avois pas
fait, mais que j'avois vû, & que je
vous avois dit : on ne m'en eut jamais accuſé.

Je protefte à V. M. que fi j'avois
été affez malheureux, & affez méchant pour avoir commis ce crime,
je n'en aurois jamais parlé, ni à V. M.
ni à perfonne, puifqu'on ne s'en plaignoit pas; & fi on m'en eut accufé,
je ne ferois pas demeuré fur le pavé
de Paris, & je ne me ferois pas avi-
fé de me vouloir juftifier; car Votre
Majefté fçait le nombre des perfonnes qui ont eu la bonté de l'en im-
portuner, fans que cela ait pu rien
gagner fur fon efprit. Je n'ai plus
qu'une feule chofe à dire à V. M.
c'eft que le Roi fçait la vérité; fi
elle a pour agréable de lui en parler
lorfqu'il fera fes dévotions, je ne
crois pas qu'une fi belle ame, aille
contre la vérité en une chofe où il
y va de fa confcience. Il ne s'agit
point de fçavoir qui eft le coupable; mais feulement, fi je le fuis,
ou non. La chofe demeurera éter-
nellement fecrete, & moi toute ma

vie de Votre Majesté le très-humble, &c.

Pour obliger le Roi de dire la vérité à la Reine sa mere, je lui écrivis cette lettre pour l'en prier.

SIRE,

Si j'avois à demander justice à un Prince qui n'eut pas toutes les qualités que V. M. possede, je pourrois craindre de ne les pas obtenir ; mais puisque je la demande au plus équitable, & au plus généreux de tous les Rois, plein de confiance je me jette à ses pieds pour supplier très-humblement V. M. de vouloir bien détromper la Reine sa mere de l'opinion quelle a de moi ; car sans dire quelle est ma faute, elle dit à toutes les personnes qui lui parlent de moi, que je suis coupable d'une faute considérable pour laquelle on m'a ôté d'auprès de V. M. & ainsi elle me couvre de honte , & m'ôte l'honneur, & l'eftime des honnêtes-gens. V. M. fçait fi j'ai fait quelque chofe de mal , je ne veux point d'autre Juge de ma conduite qu'elle; & fi elle a toleré ma difgrace ç'a été dans le temps de fon enfance , pendant lequel elle n'agiffoit pas encore par fes propres fentimens : à préfent qu'elle fait tout par elle-même , & que fa bonté lui fait écouter l'op-preffé & le malheureux , j'efpere qu'elle me rendra l'honneur , & qu'elle rendra le calme à ma vie languiffante depuis treize années , lui proteftant que j'en employerai le refte à demander à Dieu qu'il lui plaife de combler de fes faintes bé-nédictions toutes les années de V. M. ce font les vœux que fait ,

SIRE,

DE VOTRE MAJESTE',

&c.

O 4

Comme Madame de Motteville
étoit la seule, à laquelle la Reine se
fut déclarée sur le sujet de ma disgrace, & qu'elle lui avoit dit que
j'étois coupable du crime dont je
l'avois averti, je crus ne pouvoir
mieux choisir qu'elle pour la prier
de donner ces lettres à la Reine,
& de supplier S. M. de donner au
Roi celle qui s'adressoit à lui, afin
qu'elle eut un entier éclaircissement
de mon innocence.

Madame de Motteville qui ne se
lassoit point de m'obliger, se chargea volontiers de ces lettres, & non
contente de les donner à la Reine,
elle l'obligea de les lire en sa présence, appuya sur les plus fortes
raisons, & sans craindre de déplaire
à une Princesse qui l'aimoit, n'oublia rien pour lui faire connoître
avec tout le respect possible combien elle étoit obligée de chercher
des éclaircissemens sur une telle af-

faire bien loin de les éviter ; mais la prévention l'emporta fur toutes fes raifons, & mes lettres n'eurent aucun effet.

Enfin après la mort de cette Princeffe qui arriva en 1666. vers la fin de Janvier, quoique je n'euffe aucune efpérance de rentrer dans ma charge, ni de me faire payer de plufieurs années de mes appointemens qui m'étoient dûs ; néanmoins je confiderai le tort que cette difgrace faifoit à ma famille, & que le Roi, fçachant mon innocence qu'il n'avoit laiffé opprimer qu'au caufe de fon bas âge, il étoit trop jufte pour ne la vouloir pas faire connoître, & me rendre au moins ma réputation, fi je lui en faifois parler. Comme l'affaire étoit délicate, je défefperois d'en venir à bout, n'ofant hazarder aucun de mes amis ; mais il arriva une chofe qui la fit réüffir, lorfque je m'y attendois le moins.

Un de mes Ancêtres ayant déto-
gé à caufe de fa pauvreté pour avoir
été dépouillé de tous fes biens pendant les vieilles ligues, j'avois obtenu une réhabilitation pendant la Régence ; mais comme il s'étoit fait
pendant ce temps quantité d'ufur-
pations de Nobleffe, le Roi pour ré-
former cet abus avoit caffé toutes les
lettres accordées pendant les troubles, fe réfervant néanmoins la fa-
culté de confirmer celles qui avoient
été données pour fervices ; ainfi,
ce m'étoit une efpece de neceffité
d'honneur, & en quelque façon une
permiffion de me produire ; ce que
pourtant je n'ofai faire, & même
j'eus bien envie de retenir la générofité de Mr. le Comte de Montignac, qui s'offrit à moi, de parler
au Roi de mon affaire ; car je craignois fort de fatiguer un tel ami ;
mais heureufement je penfai qu'il
pouvoit avoir quelque liaifon avec

M. le Tellier, parce qu'il est parent
de Madame de Louvois ; ainsi je
crus qu'il seroit à propos qu'il en
parlât à M. le Tellier, & lui donnât
un mémoire de mon affaire ; ce qu'il
fit vers le mois de Juillet de la même année 1666.

M. le Tellier fut bien aise d'avoir
cette occasion de m'obliger : il parla
de mon affaire au Roi dans le Conseil, & S. M. eut la bonté de lui
accorder la grace que je lui demandois, & même une autre que je
n'osois esperer, qui étoit que doré-
navant j'aurois l'honneur de le voir,
ce que je n'aurois jamais obtenu de
S. M. ni même demandé, si j'eusse
été coupable du crime dont on
m'accusoit.

Aussi-tôt que Madame la Com-
tesse de Montignac m'eût appris cette
nouvelle par une lettre de Monsieur
son mari, je m'en allai à Fontainebleau où étoit alors la Cour, & y

étant arrivé, M. le Comte de Montignac me préfenta à M. le Tellier,
qui me reçut fort agréablement,
& après que je l'eus remercié, il me
dit que je pouvois me préfenter au
Roi, & que les chemins étoient ap-
planis ; mais que je me gardaſſe bien
d'entrer dans aucun éclairciſſement
avec S. M.

Le lendemain 20. Juillet comme
le Roi ſortoit du Conſeil, Mr. le
Comte de Montignac me préfenta à
S. M. & après l'avoir remercié des
graces qu'il me faiſoit, & qu'il
m'eût témoigné avoir pour agréable que j'eus l'honneur de le voir,
j'allai à ſa Meſſe, & à ſon dîner,
& huit jours durant je fus à ſon lever ou S. M. m'accorda les mêmes
entrées, que lorſque j'étois en poſ-
ſeſſion de ma charge.

Madame de Mautauzier me préſenta à la Reine qui me reçut fort
bien, & s'informa fort à cette Da-

me, & à Madame la Nourice de toutes mes avantures ; fur quoi elles ne purent pas la fatisfaire pleinement ; car perfonne n'a fçu, hors les intéreffés, la véritable caufe de ma difgrace.

Voilà tout ce que j'ai pu faire pour détourner de deffus mes enfans les fuites ordinaires d'un tel malheur ; car fans eux, je me ferois contenté pour moi de la fatisfaction intérieure de mon innocence, & de la connoiffance que Dieu en a, De plus mes amis n'en ont jamais douté, & mes ennemis ne fe font jamais mis en peine que je fuffe coupable pourvû qu'ils puffent le faire croire. Et tout ce dont les autres peuvent m'accufer, c'eft de n'avoir pû être politique aux dépens de mon honneur & de ma confcience.

On ne doit pas non-plus s'étonner de ce que je n'ai pas fait de grands efforts pour rétablir mon fils

dans ma charge, comme quelques-
uns le craignoient; je n'y ai pas trouvé jour, & j'ai cru qu'il étoit juste
d'abandonner à la Providence le
choix de sa condition; puisque j'ai
éprouvé toute ma vie que les choses
que j'ai souhaitées avec le plus de
passion, ne m'ont jamais réüssi, &
qu'au contraire les avantages qui
me sont arrivés ont toûjours été des
choses ausquelles je ne m'attendois
pas. Je serois donc bien incorrigi-
ble, si je n'instruisois mon fils par
mes malheurs de la foiblesse humai-
ne, & de la fragilité des espérances
de ce monde, & si je lui laissois
chercher un véritable appui ailleurs
qu'en Dieu.

FIN.